주머니 속의 고래

이금이 청소년문학

주머니 속의 고래

초판 1쇄 펴낸날 2006년 12월 20일
초판 18쇄 펴낸날 2020년 7월 30일
개정판 1쇄 펴낸날 2021년 2월 25일
개정판 6쇄 펴낸날 2024년 9월 19일

지은이 이금이
펴낸이 이어진
편 집 현민경
디자인 파피루스

펴낸곳 밤티
등 록 2020년 5월 18일 제2020-000081호
주 소 04590 서울시 중구 다산로 156 부흥빌딩 2층 136호
전 화 02-2235-7893
팩 스 02-6902-0638
이메일 bamtee@bamtee.co.kr
홈페이지 www.bamtee.co.kr

ISBN 979-11-971205-5-8
979-11-971205-3-4 44810(세트)

- 이 책은 출판사 푸른책들에서 2006년에 출간한『주머니 속의 고래』의 개정판입니다.

주머니 속의 고래

이금이 장편소설

밤티

차례

첫 오디션

“뭐야? 진짜 많다! 설마 우리도 저기 서서 기다려야 하는 건 아니겠지?”

왁스로 짧은 머리를 고슴도치처럼 세운 현중이 목을 움츠리며 말했다. 젖은 듯한 머리 때문에 더 추워 보였다. 방학이어선지 오디션 참가자들은 얼핏 보기에도 100명이 넘어 보였다.

“당연하지. 우린 명함 받고 온 거잖아. 그리고 촌놈 티 나니까 그만 좀 두리번거려.”

현중에게 핀잔을 주었지만 실은 민기도 많이 떨렸다. 말로만 듣던 서울 강남은 사람을 어리바리하게 만드는 무언가 있었다. 민기는 주눅 든 마음을 현중에게 들키지 않으려고 앞장서 기획사 건물 입구로 갔다.

그러나 기획사 문 앞에는 명함을 알아봐 줄 만한 관계자 대신 코에 피어싱을 한 첫 번째 오디션 참가자가 서 있을 뿐이었다. 오디션장 문이 열리기 전에는 관계자를 만날 수도, 안으로 들어갈 수도 없었다. 명함이 오디션을 통과하는 티켓이라도 되는 줄 알았는데 남들하고 똑같이 줄을 서서 기다려야 한다는 게 실망스러웠다.

"명함에 있는 번호로 전화해 봐. 따로 모이는 데가 있을지도 모르잖아."

민기는 현중의 말에 전화를 걸었지만 받지 않았다.

"아, 뭐야. 추워 죽겠는데. 얼른 뒤로 가서 줄 서자."

현중은 투덜거리며 뒤돌아서 가 버렸다.

줄을 선 사람들은 민기와 현중 또래가 가장 많았고, 초등학생이나 20대도 제법 보였다. 부모와 함께 온 아이들도 많았다. 그 모습을 보자 민기는 아들이 학원에서 중3 예비반 수업을 받고 있다고 믿고 있을 엄마가 떠올랐다. 민기는 얼른 그 모습을 지워 버렸다.

'내가 말하지 않은 건 엄마를 위해서야. 미리 걱정시킬 필요 없잖아.'

어른들이란 닥치지도 않은 일을 부정적으로 생각하는 데

선수인 사람들이다. 특히 자식 일이라면 더더욱 그렇다. 자신이 오디션을 보러 간다고 했으면 엄마는 가서는 안 되는 이유를 서른세 가지 정도는 대면서 막았을 것이다. 해가 동쪽으로 지는 일이 일어나 엄마가 허락한다고 해도 다음엔 아빠가 휴대폰 가입 약관 같은 조항들을 열두 가지쯤 제시하며 반대했을 게 뻔했다. 모두 누나 민주 때문이다.

지난 여름 방학 때 민기는 로데오 거리로 놀러 갔다가 기획사 관계자한테 캐스팅되었다. 그 사람은 다음 날 민기에게 전화해 엄마를 바꿔 달라고 했다. 민기는 휴대폰을 스피커 모드로 바꿔서 엄마에게 건네주었다. 기획사 관계자가 민기는 얼굴이 잘생겨서 트레이닝을 조금만 받으면 곧 연예계에 데뷔할 수 있다고 했다.

"데, 데뷔요? 어, 어느 방면으로……."

엄마가 떨리는 목소리로 물었다. 관계자는 아이돌 그룹, 청소년 드라마, CF 등 어디에서든 활동할 가능성이 충분히 있으니 일단 만나자고 했다. 엄마는 아빠와 의논해 보겠다고 하고 전화를 끊었다.

"사실 민기가 아빠 닮아 키가 좀 작아서 그렇지, 어디 내놔도 빠지는 인물은 아니지. 나도 어렸을 때 미스코리아 나가라는 소리 엄청 들었잖아."

그날 저녁, 엄마가 흥분해서 말했다.

"애한테 쓸데없는 바람 넣지 말아."

그러면서도 아빠는 민기에게 명함을 받은 애가 몇 명이냐고 물었고, 엄마에게는 트레이닝을 공짜로 시켜 주는지 물었다.

"아참, 그걸 안 물어봤네. 뭐, 자기네가 캐스팅했으니까 그냥 시켜 주겠지."

그때만 해도 민기는 길거리 캐스팅으로 스타가 된 연예인들을 떠올리며 자기 앞에 펼쳐질 눈부신 미래를 꿈꾸었다. 성적이 좋지 않다는 이유만으로 문제아 취급을 당하는 일은 이제 과거가 되는 거다.

그런데 다음 날 민주가, 평소에는 남이 보는 것도 짜증 내던 TV 앞에 온 가족을 불러 모았다. 시사 프로그램에서 연예인 지망생의 피해 사례를 집중 조명한다고 했다. 길거리 캐스팅된 다음 프로필 사진 촬영비나 트레이닝비 등의 명목으로 돈을 사기당한 피해자들 인터뷰가 줄을 이었다. 아빠가 민기에게 기획사 명함을 가져오라고 해서 전화를 걸었지만 받지 않았다.

"민기 너, 앞으로 또 그런 데 혹해서 명함 받아 오거나 전화번호 가르쳐 주면 혼날 줄 알아."

엄마는 자신이 흥분했던 건 싹 덮어 둔 채 민기에게 경고했다. 민기는 다 된 밥에 재를 왕창 뿌린 누나를 째려보았지만 민주는 목적을 달성했다는 얼굴로 자리를 떴다.

"개나 소나 다 연예인 한다고 나서니 큰일이야, 큰일. 너, 앞으로 한눈팔지 말고 공부나 열심히 해."

슬쩍 관심을 보였던 아빠 역시 시치미를 뗐다. 따지고 보면 잘생긴 죄밖에 없는 민기는 억울한 생각이 들어 명함에 있는 번호로 전화를 걸어 보았다. 방송에 나온 문제 있는 기획사들과는 다를 거라고 생각했지만 그 번호는 결번이 돼 있었다.

그걸로 끝났으면 민기도 더는 연예인이 되는 꿈을 꾸지 않았을 것이다. 그런데 연예계가 다시 손짓을 해 왔다. 2학년 2학기 중간고사가 끝난 날 민기는 현중과 또 로데오 거리로 놀러 나갔다. 버스킹 무대에서 청년들이 브레이크 댄스를 추고 있었다.

"너도 춤추러 왔니?"

낯선 아저씨가 민기에게 물었다.

"아뇨. 구경하러 왔는데요."

지난번 일이 생각나 민기는 경계하는 눈초리로 대꾸했다.

"춤이나 노래 좀 해?"

"……그냥 남들 하는 만큼 해요."

정말 딱 그만큼이었다.

아저씨는 명함을 건네주었다.

"우리 회사 많이 들어 봤지? 매주 일요일 1시에 오디션이 있으니까 참가해 봐. 마스크가 좋으니 춤이든 연기든 잘하는 게 있으면 더 유리하고. 명함에 주소 보고 찾아와라."

명함에는 '레인보우 엔터테인먼트'라는 회사 이름이 쓰여 있었다.

"어? 레인보우면 소야 소속사 아니에요? 아저씨, 저는요? 저도 오디션 봐도 돼요?"

기획사 이름을 안 현중이 적극적으로 나섰다.

"잘하는 거 있어?"

아저씨가 현중을 한번 훑어보더니 물었다.

"못하는 것도 없는데요."

"그럼 특기 계발해서 도전해 봐."

레인보우 오디션을 모두 통과하면 연습생이 되고, 연습생은 공짜로 트레이닝을 시켜 준다고 했다. 설명을 마친 아저씨는 자리를 떴다.

"아싸!"

현중은 벌써 오디션에 붙기라도 한 것처럼 주먹을 불끈

쥐었다.

TV에 나왔던 문제 기획사들과는 질적으로 다른 곳이었지만 민기는 가족에게 말하지 않았다. 이야기해 봤자 반대부터 할 게 분명했다. 민기는 정식 연습생이 돼 엄마 아빠의 신뢰를 회복하고 누나 코를 납작하게 해 주고 싶었다.

민기는 독서실 핑계를 대고 현중네 집에서 노래와 춤 연습을 했다. 현중의 부모님은 함께 작은 택배 회사를 해서 밤늦게나 돌아왔고, 중1인 동생은 학원을 몇 개씩 다니느라 제 형보다 바빴다.

"야, 넌 그쪽에서 먼저 오라고 했으니까 1차는 통과한 거 아니냐?"

열심히 성대모사를 연습하며 현중이 부러워했다.

"그거야 그렇다고 볼 수 있지. 1차 통과하신 형님은 게임하고 있을 테니 오로지 실력으로 승부해야 하는 너는 열심히 연습하거라."

민기는 농담 반 진담 반으로 말했다. 대한민국 연예계가 실력보다 외모를 더 쳐준다는 건 누구나 다 아는 사실이다. 민기는 밸런타인데이 때마다 여자애들로부터 초콜릿을 한 보따리씩 받곤 했다. 동급생이나 후배는 물론 선배들까지 기웃거릴 정도이니 연예계가 탐내는 건 당연한 일이다.

며칠 전 2학년 성적이 통합된 기말고사 성적표가 나왔다.

"지금 기초를 닦아 놓지 않으면 고등학교 가서도 그 타령이니까 이번 겨울 방학부터 학원에 다녀. 노력에는 이길 장사가 없는 거니까 요령 피우지 말고."

성적표를 본 아빠는 간신히 화를 누르는 얼굴로 말했다.

고등학생 때부터 알바를 하며 학교를 다녔던 아빠는 대학에 갈 형편이 되지 않아 공무원 시험을 보았다. 지금은 꿈의 직장이지만 당시엔 그렇게 인기 있는 직업은 아니었다고 한다. 말단 공무원이 된 아빠는 직장을 갖고서도 야간 대학을 다녔다. 돈과 시간에 쫓기지 않고 마음껏 공부해 보는 게 소원이었던 아빠는 시간도, 돈도 걱정 없는 민기가 성적이 나쁜 이유를 이해하지 못했다.

아빠는 승급 심사에서 계속 미끄러지는 게 빈약한 학벌과 인맥 때문이라고 여겼다. 아빠 소원은 누나가 예전 행정고시인 5급 공무원 시험에 합격해 아빠를 번번이 물먹이던 상관들까지도 단숨에 부하 직원으로 거느리는 것이다. 아빠는 공부 잘하는 딸이 자신의 꿈을 실현시켜 줄 것을 굳게 믿었다. 엄마에게는 집 앞에 큰 도로가 나면 낡은 집을 허물고 4층 건물을 올리는 꿈도 있었지만 자식 일이 더 우선순위이기는 아빠와 마찬가지였다.

"그래. 그동안 우리가 민주한테 신경 쓰느라고 소홀해서 그렇지, 얘가 나쁜 머리는 아니야. 잔머리 쓰는 거 보면 몰라? 학원 다니면 성적이 쑥쑥 오를 거야."

엄마가 오래간만에 민기 역성을 들었다.

방학이 시작되면 본격적으로 오디션 보러 다닐 계획을 세워 놓았던 민기는 가슴 한구석이 찔렸다. 그런 분위기에서 역사적인 첫 오디션에 관해 이야기할 사람은 한집에 사는 연호밖에 없었다. 연호는 민기네 집 문간방에 세 든 아이다. 대문 옆 창고를 개조해 방과 부엌을 들인 곳에 연호네가 이사 온 건 4학년 때였다.

"꿈 깨셔. 연예인이 뭐 아무나 되는 거래?"

민기는 연호가 말은 그렇게 해도 자기를 바라보는 눈빛이 간혹 수줍게 떨리는 걸 느끼고 있었다. 잘난 것도 없으면서 자존심은 하늘을 찌르는 아이라 차마 고백하지 못하는 거다. 민기는 연호와 사귀고 싶은 생각이 눈곱만큼도 없었기에 그 마음을 모르는 척했다.

"너 미리 내 사인 받아 놔라. 나중에 스타 되면 한집에 살아도 얼굴 보기 힘들 거다."

때가 되면 공부 못한 것마저도 즐거운 에피소드가 되고, 부모를 속이고 본 오디션은 열정의 다른 이름으로 기억될 것이다.

"흥, 누가 그때까지 이 집에 살기나 한대. 도로 공사하기 전에 이사 갈 거네."

연호가 콧방귀를 뀌었다. 잘난 것도 없으면서 기죽지 않는 게 연호의 매력이긴 하다.

"아무튼 나중에 내가 스타 돼서 인터뷰할 때 니 얘기해 줄 테니까 밤에 문이나 좀 열어 줘라. 열쇠 잃어버렸어."

"몰라. 늦게 오면 그냥 잘 거야."

하지만 연호는 기다려 줄 것이다. 연호는 물론 식구들에게 큰소리치기 위해서라도 민기는 좋은 결과를 얻고 싶었다.

민기는 명함을 받고서도 아무 특권 없이 오디션 경쟁자들이 서 있는 줄 뒤로 걸어갔다. 경쟁자들을 볼수록 자신감이 점점 줄어들었다. 명함을 받은 게 얼굴 덕분이었다면 줄 선 사람들의 생김새 또한 모두 자기만큼은 돼 보였다. 게다가 머리 모양이며 옷차림새가 거의 연예인 수준이어서 민기의 청바지와 패딩 점퍼는 너무 평범했다. 현중마저 힙합 패션 덕분에 개성이 뚜렷해 보였고, 민기보다 훨씬 준비된 참가자 같았다.

맨 뒤에 가서 섰을 때, 민기는 자신감이 하나도 남지 않았고 그냥 집으로 가고 싶었다. 이 많은 사람들과 겨뤄 연예인,

아니 겨우 연습생이 되는 거라면 차라리 아빠가 사다 준 책 제목처럼 공부가 가장 쉬울 것 같았다. 엄마 말처럼 그동안 공부를 열심히 한 편은 아니었다. 그러니 조금만 더 하면 중학교 공부쯤은 얼마든지 따라갈 수 있을 것이다.

그때, 행렬이 술렁거리며 앞으로 나아가기 시작했다. 오디션 장소 문이 열린 것이다. 되돌아가고 싶은 마음과 달리 민기의 발은 앞으로 나아갔다. 오디션을 보기 위해서는 먼저 접수를 해야 했다. 민기는 가수 부문, 현중은 연기 부문을 지원했다. 현중의 성대모사 실력을 생각하니 친구 따라 오디션 보러 갔다 친구는 떨어지고 자기만 붙었다며 '썰'을 푸는 연예인 현중의 모습이 떠올랐다. 그것도 나쁘지 않아. 현중이 연예인이 되면 걸그룹을 소개해 달라고 해야지. 민기는 마음을 달랬다.

오디션 장소는 댄스 연습실이었다. 넓은 마룻바닥 한쪽 벽은 온통 거울로 돼 있었다. 두 명의 심사위원은 회사 사람들인 것 같았다. 오디션을 보러 온 사람들은 정말 각양각색이었다. 심지어 외국에서 온 사람도 있었다. 민기처럼 별 준비 없이 명함만 믿고 온 사람은 없는 것 같았다. 그리고 명함은 얼굴이 웬만큼만 생기면 쉽게 받는 모양이었다.

오디션이 시작되었다. 심사위원 앞에 선 참가자들은 몇 분

안에 준비해 온 것을 보여 줘야 했다. 천국행과 지옥행을 가르는 심판관 앞에 선 듯 모두 절박하게 노래를 부르고 춤을 추었다. 현중은 차례가 다가올수록 속이 타는지 생수를 마시고, 손바닥의 땀을 바지에 문질렀다. 민기는 다른 참가자들이 내뿜는 열기에 덩달아 마음이 뜨거워졌다. 차례가 되자 제대로 된 준비 없이 그 자리에 선 게 부끄러웠고 다른 사람에게는 짧기만 했을 시간이 한없이 길게 느껴졌다. 게다가 노래 가사와 춤 순서를 까먹어 모든 게 뒤죽박죽되었다.

"121번, 앞머리 한번 올려 봐요."

심사위원이 서류를 들여다보며 말했다. "우~" 참가자들 사이에서 부러운 탄성이 일었다. 오디션장에서는 심사위원이 한 번 더 관심을 보이는 것 자체가 굉장한 일이었다.

"야, 너 이마 까 보라잖아."

자기한테 하는 말인 줄도 모르고 서 있는 민기에게 현중이 말했다. 민기는 황급히 이마를 덮고 있는 앞머리를 위로 올렸다. 심사위원이 민기와 현중을 바라보더니 물었다.

"둘이 친구 사인가요?"

현중이 그렇다고 대답했다.

"친구 따라온 거예요?"

심사위원이 민기에게 물었다.

"제가 따라온 건데요."

수업 시간에는 침묵이 금임을 온몸으로 실천하는 녀석이 이런 데선 잘도 대답한다. 하지만 대신해 주는 게 고마울 만큼 민기는 많이 위축돼 있었다.

"얼굴은 괜찮은데……. 연예인 되고 싶은 거 맞아요?"

민기가 쭈뼛거리는 사이 심사위원은 "다음"을 외쳤다.

밖으로 나오니 찬바람이 얼굴로 달려들었다. 하지만 오디션장에서 달궈진 열기는 쉬이 식지 않았다.

"우리가 명함만 믿고 너무 준비를 안 했어. 연습해서 다시 도전하자."

현중도 느낀 게 있는지 민기 어깨에 팔을 두르며 말했다. 민기 귓가에 심사위원의 말이 계속 맴돌았다.

"얼굴은 괜찮은데"와 "연예인 되고 싶은 거 맞아요?"라는 말이 민기의 마음을 부추겼다. 연예인이 되는 게 다 된 밥으로 여겨지지는 않았지만 불가능한 일도 아니라는 생각이 강하게 들었다. 현중과 함께 하면 외롭지 않을 것 같았다.

"좋아! 인생 뭐 별거냐? 가는 거야!"

민기는 현중과 어깨동무를 했다.

기초 환경 조사서

3학년이 되었다. 올해도 어김없이 '기초 환경 조사서'가 나왔다. 학생의 형편을 낱낱이 알아서 어디에다 쓰는지 알 수 없는 종이 말이다. 연호는 가족 상황부터 쓰기 시작했다.

이름 장근덕, 나이 91세, 관계 할머니. 정확하게 말하면 할머니는 연호 엄마의 외할머니로 연호에게는 외증조할머니가 된다. 학력, 학교를 안 다녔으니 직업란으로 건너뛴 연호는 이제는 거의 보이지 않게 된 눈으로 더듬거리며 쇼핑백에 손잡이 끈을 붙이는 할머니를 돌아다보았다. 할머니는 박스 접기, 쇼핑백 끈 달기, 인형 눈 붙이기 등등 늘 무슨 일인가 하고 있지만 그 일들을 직업이라고 할 수는 없다. 없음.

첫 줄을 메운 연호는 다음 칸에서 펜을 멈추었다. 연호에겐 아빠가 없다. 세상 어딘가에 있겠지만 알지 못하므로 없는 거나 마찬가지다. 이제 엄마에 대해 쓸 차례다. 이름 칸에 무심코 '백장'까지 쓴 연호는 멈칫했다. 백장미는 예명이고 엄마의 진짜 이름은 조경희다.

초등학생 때 가수 백장미라고 엄마가 써 놓은 환경 조사서를 멋모르고 그대로 낸 적이 있었다. 백장미란 가수 이름을 한 번도 들어 본 적 없는 담임 선생님은 엄마가 부른 노래 제목을 물었다. 엄마는 자기 노래가 없다. 대답을 하지 못하자 선생님은 더는 캐묻지 않았지만 연호는 거짓말을 한 듯 움츠러들었다. 그다음부터는 환경 조사서를 직접 썼다.

연호는 수정 펜으로 '백장'을 지우고 '조경희'라고 써넣었다. 하지만 자신과 성이 같은 그 이름도 백장미만큼이나 편하지는 않았다. 엄마 아빠 성 중 마음대로 고를 수 있는 세상이라지만 아직은 아빠 성을 따르는 게 일반적이다.

다음은 나이, 이것도 걸렸다. 엄마는 열아홉 살에 연호를 낳았다. 엄마 나이가 직업만큼이나 평범하지 않다는 걸 연호는 어느 정도 커서야 알았다. 엄마와 또래인 담임 선생님은 비혼자다. 담임은 고3 나이에 아이를 낳은 사람을 이상하게 볼 것이다. 그런 사람에게서 태어난 연호까지 색안경을 쓰고 볼지 모른다. 연호는 작년에 엄마 나이를 몇 살이라고 했는지 기억을 더듬다 '40세'라고 썼다.

학력은 고등학교 중퇴. 이것도 눈에 띄겠지. 이렇게 칸마다 고민해야 하는 것보다 차라리 아빠처럼 없는 게 나을 것 같았다. 연호는 망설이다 '고졸'이라고 썼다. 그다음 직업란에는 길게 생각하지 않고 '상업'이라고 썼다. 엄마는 가수라고 우기지만 약이나 물건을 팔기 위해서 노래를 부르는 것이니 상업이 맞다.

연호는 엄마가 스스로를 가수라고 생각하는 게 너무 싫다. 음반을 내고 방송에 나가는 가수가 되기 위해 엄마는 할머니에게 돈을 뜯어내는 것으로 모자라 알량한 전세 보증금을 빼 가는 짓도 서슴지 않았다. 연호는 엄마가 그런 자신을 조사서에 엄마라고 써 주는 것만도 감지덕지해야 한다고 생각했다.

마지막으로 연호는 자신에 대해 적었다. 조연호, 16세, 학생. 연호는 간단명료한 글귀 뒤에 숨어 있는 초라한 현실을 떠올리는 게 싫어 얼른 다음으로 눈길을 옮겼다. 하지만 다음에 써야 하는 재산란은 자신이 얼마나 가난한지 확실히 알게 해 주었다. 가족의 수입이며, 집이 자기네 것인지 전세인지 월세인지 적어야 했다. 머잖아 도로 확장 공사가 시작되면 헐리게 될 연호네 집은 작년에 월세로 바뀌었다. 솔직히 남의 집 대문 옆에 붙은 방 하나에 부엌 하나뿐인 곳을 집이라고 해도 되는 건지부터 헷갈렸다. 엄마는 전세 보증금을 빼 가면서 꼬박꼬박 월세를 보내 주고, 조만간 월세 신세를 면하게 해 주겠다고 큰소리쳤다. 하지만 몇 달 전부터 소식이 끊겼고, 할머니가 월세에 보태기 위해 보이지 않는 눈으로 인형 눈이나 쇼핑백 끈을 붙여야 했다. 이런저런 정부 지원금은 아무리 아껴 써도 모자랐다.

연호는 재산란에 '전세'라고 쓰고 예전의 전세 보증금 액수를 적어 넣었다. 조사서를 거짓으로 채워 넣는 동안 자신의 현실을 적나라하게 보고 나자 장래 희망을 적는 칸이 헤어날 길 없는 구덩이 같았다. 부모가 원하는 장래 희망과 학생이 원하는 장래 희망란이 따로 있었다. 작년엔 뭐라고 썼는지 잘 생각이 나지 않았다. 하지만 상관없다. 엄마나 재산에 관해 쓸 때처럼 찜찜하지도 않았다. 장래 희망이란 건 변하기 마련이니까. 변해도 상관없는 거니까.

연호는 빨리빨리 고등학교를 졸업하고 취직해서 돈을 벌고 싶었다. 그래서 다른 애들처럼 유행하는 옷이나 신발을 마음대로 사고, 최신 휴대폰도 갖고 싶었다. 연호는 진학란에는 '전문계 고등학교', 장래 희망란에는 '회사원'이라고 적었다. 솔직히 회사원이 된 모습은 잘 그려지지 않았다. 내

게 그런 미래가 있을까. 장래 희망을 적으며 연호는 절망감을 느꼈다.

"우리 애기, 숙제가 많으냐?"

할머니가 봉투를 밀어 놓고 허리를 두드리며 물었다.

"다 했어. 허리 아프셔? 안마해 드릴까?"

연호는 당장 부업을 그만두라고 하고 싶은 걸 참으며 말했다. 대책 없는 큰소리는 엄마가 하는 것만도 지겨웠다. 요즘 들어 할머니가 할 수 있는 양이 점점 줄어들었다. 하지 말라고 하기는커녕 앞으로는 연호도 나서서 인형 눈을 붙이고 쇼핑백 끈을 달아야 할 형편이다.

"밥솥버텀 열어 봐라, 밥이 얼매나 있능가."

"한 그릇 정도 있었는데……."

연호는 방 한구석에 있는 전기밥솥을 열어 보았다.

"밥 조금 있는데 김치랑 수제비 떠 넣고 죽 끓일까?"

"나는 좋지만 우리 애기 헛헛하지 않겄는가."

할머니는 녹내장을 앓아 앞이 거의 보이지 않는 상태다.

"의사 선상님이 별 치료법이 없다고 하는디 병원엔 뭣 허러 가. 나는 그동안 본 것하고 시방 보이는 것만 가져도 실컷 살어야. 그라고 더 보고 자픈 것도 읎응께 쓸데없이 돈 쓸 생각 말어."

엄마가 병원에 가자고 성화를 부려도 할머니는 듣지 않았다. 돈 드는 수술이라도 하라고 할까 봐 그런다는 걸 연호는 알았다. 연호는 이런 상황에서 엄마에게 전세 보증금을 빼 준 할머니가 이해되지 않았다.

"핼미가 느그 에미헌티 잘못헌 게 많어야. 그래서 빚 갚는다 생각허고 해 준 것이여."

할머니는 무슨 잘못을 했는지는 말하지 않았다. 연호는 할머니가 자신을 키워 준 것만 해도 엄마에게 잘못한 걸 다 갚고도 남는다고 생각했다. 초등학교에 들어가면서부터 엄마 대신 키워 준 할머니였다.

저녁을 먹고 상을 내가는데 부엌으로 난 출입문이 열렸다. 반찬 통을 든 민기 엄마였다. 연호는 죽을 담았던 빈 대접 두 개에 간장 종지뿐인 밥상을 들킨 게 민망했다.

"무나물 볶아 왔는데 벌써 저녁 먹은 모양이네. 애들 입맛에는 안 맞을 테니 내일 아침에 할머니 드려."

밥상을 힐끗 본 민기 엄마가 반찬 통을 싱크대 위에 놓으며 말했다. 연호는 상을 바닥에 내려놓고 빈 그릇들을 개수대에 넣었다.

"맨날 고마워요, 아줌마."

달마다 월세 걱정을 해야 하는 연호네 형편으로는 반찬을 제대로 챙길 수가 없었다. 할머니는 연호의 부실한 끼니를 걱정했지만 연호는 하루가 다르게 쇠잔해지는 할머니가 더 걱정이었다.

"뭘, 그전에 할머니 반찬 얻어먹은 걸 생각하면 아무것도 아니지. 그 솜씨 좋던 양반이……."

민기 엄마가 말끝을 흐렸다.

엄마 빚을 갚느라 민기네 문간방으로 이사 왔지만 할머니는 그때까지도 고급 한복집의 하청 바느질을 계속하고 있었다. 할머니는 손 맵시가 좋아서 주로 결혼용 한복 바느질을 했다. 방 안 가득 펼쳐 놓은 눈이 부시도록 예쁜 옷감들이 이제는 꿈속에서 본 무지개처럼 아련했다. 시나브로 잃어가는 할머니의 시력과 함께 연호의 생활도 암흑으로 변해 가는 것 같았다. 그런 생활마저도 사용료가 연체돼 끊긴 인터넷처럼 언제 끝날지 몰랐다.

연호는 무나물을 다른 그릇에 옮겨 담았다.

"통 씻지 말고 그냥 줘. 참, 연호야, 너 우리 민기 어디 갔는지 아니?"

민기 엄마가 물었다.

"아직 안 들어왔어요?"

아침에 나간 민기에게 신경을 쓰고 있었으면서도 연호는

짐짓 모르는 체했다.

"우리 엄마한테 절대로 말하면 안 돼. 우리 식구가 알면 죽도 밥도 안 되는 거 알지?"

민기는 연호에게 시시콜콜하게 다 말한 뒤 그렇게 다짐을 두곤 했다. 그 때문에 연호는 요즘 들어 민기 엄마 보기가 불편했다.

"3학년이 되면 정신 좀 차리려나 했더니 어찌 된 게 더 밖으로 나돌아. 민기 아빠는 내버려 둔다고 나만 가지고 닦달하지. 내가 중간에서 말라 죽겠다."

민기 엄마가 푸념을 했다.

민기가 연호네 창문을 두드린 건 11시가 넘어서였다. 대문을 열었는데 민기가 보이지 않았다. 연호는 집 밖으로 나가 담에 기대어 서 있는 민기에게로 다가갔다.

"야, 우리 집 창문이 니 초인종이니? 왜 맨날 두드려?"

연호는 민기가 오길 기다리고 있었으면서도 부러 화를 냈다.

"나도 양심이 있지, 식구들 잠까지 깨워야겠냐."

"내 잠 깨우는 건 괜찮고?"

"에이, 넌 안 잤잖아. 니네 방에도 불이 꺼져 있으면 담 넘어가려고 했어."

"다음부턴 불 켜져 있어도 그렇게 해."

연호는 품을 파고드는 초봄의 쌀쌀한 바람에 잔뜩 웅크린 채 돌아섰다.

"야, 조연호! 조금만 있다 들어가. 얘기할 거 있어."

"추워서 싫어."

"야야, 기다려. 내가 잠바 벗어 줄게."

민기가 점퍼를 벗어 연호 어깨에 덮어 주며 못 가게 꽉 잡았다. 연호 심장이 쿵하고 떨어졌다. 한집에서 5년을 사는 동안 민기에 대한 연호의 감정은 여러 빛깔로 바뀌었지만 어느 것도 뚜렷하거나 강렬하진 않았다. 모든 감정이 뒤죽박죽인 채 들어 있다가 제멋대로 고개를 내밀곤 했다.

연호는 점퍼 앞섶을 여미며 민기와 나란히 담에 기대어 섰다. 야윈 달이 솟아오르고 있었다.

"추우니까 빨리 얘기해."

민기에게는 속마음과 상관없이 언제나 퉁명스럽게 굴게 됐다.

"넌 말투가 어째 그 모양이냐. 어유, 나나 되니까 상대해 주지."

늘 핀잔을 주면서도 민기는 무슨 일이 있으면 연호부터 찾았다. 연호는 민기가 속내를 털어놓는 비밀 창고였다.

"너 이런 얘기 나한테 왜 하는 건데?"

여러 감정들 중 분홍빛 감정이 고개를 든 어느 날, 연호가 물었다.

"그야 니가 한집에 살고, 입이 무거우니까 그렇지. 우리 누나한테 얘기하면 곧바로 엄마 귀에 들어간다고."

민기의 대답이었다. 연호는 '그게 다야?'를 꿀꺽 삼켰다. '뭘 더 바래?' 라는 물음이 돌아올 것 같아서였다.

"조연호, 나 오늘 어디 갔었는지 알지?"

민기는 들떠 있었다.

"내가 어떻게 알아."

"야, 이 오빠한테 관심 좀 가져라. 드림박스에 간다고 했잖아."

"드림박스가 어딘데?"

"어휴, 내가 지난번에 얘기했잖아. 레인보우에 있던 주 실장이 새로 차린 기획사라고. 거기서 라경 누나 봤다. 내가 라경 누나 그룹할 때부터 완전 팬인 거 너도 알지?"

민기의 방은 걸그룹에서 탈퇴한 라경의 사진들로 도배가 돼 있다.

"주 실장이 능력 있다는 소문은 들었어도 라경 누나가 따라갈 줄은 몰랐어. 오늘 거기 가면서 혹시 볼 수 있을까 기대

했는데 누나가 밴에서 내리는 거야. 와아! 후광이 쫘악 비치는 게, 이건 사람이 아니야."

그래서 들떴던 거였어? 연호는 늦은 시간까지 가슴 졸이며 잠도 못 자고 있었던 게 화가 났다.

"사진 찍었는데 볼래?"

민기가 휴대폰을 들어 보였다.

"됐어. 나도 티비에서 맨날 보거든. 그나저나 2차는 합격했냐?"

연호는 민기가 아파할 만한 곳을 찔렀다.

"아오, 프로필 사진 보냈더니 오라고 해서 갔는데……. 뭐, 라경 누나 본 걸로 됐지. 참, 주 실장, 아니 이제 주 대표지. 그 사람이 나한테만 막, 뭐 물어봤다."

민기가 자랑스러워했다.

"뭘 물었는데?"

"자기소개서 보더니 인천 사냐면서, 우리 동네에 대해서 이것저것 물어보는 거야."

"별것도 아니네."

"얘가 뭘 몰라도 한참 모르네. 그렇게 관심 보여 주는 게 얼마나 대단한 건데. 아무튼 그건 그렇고 이제부터 드림박스에만 올인할 거야. 애들이 그러는데 드림박스가 앞으로 많이 클 거래. 그리고 새로 시작하는 데라서 연습생 되기도 다른 데보다 쉬울 거고. 근데 조연호, 너 나랑 같이 오디션 볼 생각 없냐?"

"뭔 션?"

"농담 아냐. 정말 난 여태껏 너만큼 노래 잘 부르는 애 못 봤다. 야, 너 한번……."

갑자기 민기가 담에서 몸을 떼더니 연호에게 얼굴을 바짝 들이댔다.

"얘가 왜 이래?"

몸을 뒤로 젖힌 연호 귓가에 자기 심장 뛰는 소리가 쿵쿵 울렸다.

"휴, 그런데 얼굴이 안 받쳐 줘서 안 되겠다. 아냐, 까짓것 얼굴이야 고치면 되고 어디 보자……. 흠, 대공사를 해야겠다. 견적이 너무 많이 나올 것 같은데."

민기가 연호 얼굴을 뜯어보며 빙글빙글 웃었다.

"이게 잠도 못 자고 문 열어 줬더니 헛소리하고 있어. 누가 시켜 주지도 않겠지만 시켜 준대도 싫네. 우리 집에 가수는 엄마 하나로도 됐어."

그 말은 사실이었다. 연호는 자신을 보여 주는 게 싫어 친구를 사귀지 않았고 투명 인간으로 살고자 노력했다. 판타지 영화나 소설 속에 나오는 투명 망토 같은 게 없으니 투명 인간이 되기 위해서는 세심한 주의가 필요하다. 선생님과 아이들의 관심 밖으로 자연스레 밀려나려면 모든 면에서 잘하지도 못하지도 않아야 했다. 연호는 중간 성적을 유지했고, 준비물도 잘 챙겼고, 아이들에게 모나게 굴지도 않았다. 또 노래로 주목받게 될까 봐 음악 실기 시험도 적당히 치렀다.

연호는 앞이 안 보이는 할머니와 월세방에 사는 것보다, 지역 축제나 장터를 떠돌아다니며 노래 부르는 엄마를 둔 것보다, 짙은 화장을 하고 노래를 부르던 자신의 어린 시절이 알려지는 게 더 싫었다. 그동안 연호는 투명 인간으로 사는 데 성공하고 있었다.

'이런 나한테 가수 오디션을 보라고?'

연호는 어깨에 둘렀던 점퍼를 벗어 민기에게 안기곤 걸음을 떼었다.

"아참, 연호야. 너 혹시 이준희라고 아냐? 니네 학교 다닌다는데."

민기 말에 연호는 멈춰 섰다. 이준희라는 이름이 입력되자 자동으로 머릿속에 뺨 아랫부분에서 목까지 갈색 반점이 있는 남자애가 떠올랐다. 연호는 민기 쪽으로 돌아섰다.

"얼굴에 점 있는 애?"

그 때문에 연호는 준희와 말 한마디 해 보지 않았으면서 그 애가 우울하고 어두운 성격일 거라고 여겼다.

"어, 너 아는구나! 그래, 걔 별명이 달마시안이었어."

민기가 반색했다.

"남 아픈 데를 별명으로 부르고. 못됐다."

"다른 애들이 불렀지 나는 안 그랬다. 너, 걔랑 잘 알아?"

"같은 반. 말은 안 해 봤어. 근데 니가 걔를 어떻게 알아?"

"와, 세상 좁네. 이준희, 걔 초등학교 3학년 때까지 우리 동네에 살았어. 저 아래 큰 나무랑 가게 있던 거 너도 기억하지? 그 옆에 있던 빌라에 살았어."

연호도 크고 높은 건물과 넓은 길 속으로 사라진 풍경들이 기억났다. 이 동네로 이사 오게 된 것도 시골에나 있을 법한 큰 느티나무 덕분이었다. 할머니가 나무를 보고 고향 같다면서 이 동네에서 살고 싶어 했기 때문이었다. 그 뒤 재개발 바람이 불면서 동네는 빠르게 변해 갔다.

"친했나 보네. 지금까지 기억하는 거 보면."

민기는 뭐든지 잘 잊는 애였다. 그래서 편했다.

"친해서라기보다는 걔가 좀 유명했지."

"점 때문에?"

"뭐, 그것도 그렇고……. 아무튼 너, 걔가 랩하는 거 들어

봤냐?"

"랩한대? 걔가?"

연호가 되물었다. 랩은커녕 말하는 것도 본 기억이 없다. 준희, 하면 얼룩 같은 반점밖에 떠오르지 않았다. 감출 수도, 지울 수도 없는 얼굴의 점이라니. 준희의 점은 투명 망토에 뚫린 구멍 같은 것인지 모른다. 구멍 때문에 온전히 투명 인간이 될 수도 없는. 연호는 민기가 말한 '유명'이라는 단어 뒤에 숨어 있는 준희의 마음이 어떨지 듣지 않아도 알 것 같았다.

초등학교 1학년 때, 집에 놀러 왔던 반 친구가 색동옷에 짙은 화장을 하고 찍은 연호의 사진을 보았다. 그 아이는 다음 날 학교에 가서 소문을 냈고, 연호가 꼬마 가수였다는 말에 아이들은 노래를 시켰다. 연호가 사랑으로 눈먼 가슴 어쩌고 하는 노래를 부르자 아이들은 웃었고, 선생님은 애들이 그런 노래를 부르면 안 된다고 했다.

연호는 자신의 노래가 환호나 박수가 아니라 놀림과 꾸지람을 받는다는 사실에 놀라고 상처받았다. 연호는 자신의 '과거'가 담긴 사진을 모두 찢어 버렸고, 다시는 그에 관한 이야기를 하지 않았다. 그런데도 연호는 한동안 아이들 사이에서 유명한 아이로 남았다. 전학은 연호에게 과거를 지울 수 있는 기회를 주었다.

"몰랐냐? 하긴 새 학년이라 아직 잘 모르겠다. 짜아식, 그런 재주가 있으면 말이야, 이 형님을 찾아와야지. 조연호, 준희 폰 번호 좀 알아다 줘라."

투명 인간들이 사는 법

"이준희! 그거 이리 가지고 나와."

과학 시간이었다. 학년 부장 선생님이 말했다. 정수리에 와닿는 선생님의 눈길을 무시한 게 화근이었다. 난감해진 준희는 가만히 있었다.

"이리 가지고 나오라니까 뭐 하고 있어!"

준희는 선생님에게 걸린 게 노트가 아니라 종잇장이라면 씹어 삼키고 싶었다. 노트에는 랩 가사가 가득 적혀 있었다. 혜지를 향한 마음을 담은 가사도 있고, 학교나 선생, 세상에 대한 불만이 가득 담긴 가사도 있었다. 어느 것도 남에게 보여 주고 싶지 않은 일기장 같은 노트였다. 선생님의 거듭된 말에도 준희가 꿈쩍하지 않자 교실 안이 조용해졌다. 준희는 한순간 집중된 시선에 몸이 죄어드는 것 같았다.

"빨리 가지고 나오지 못해!"

준희는 안 나가는 게 아니라 못 나가는 거였다. 선생님이 노트 보는 시간을 1초라도 늦추고 싶었다. 준희가 계속 가만히 있자 화가 난 선생님이 다가와 노트를 낚아챘다. 노트를 주루룩 훑어보고 난 선생님이 준희를 노려보며 말했다.

"너 벌점 3점이고, 노트는 이따 교무실로 와서 찾아가."

준희는 작년 일 때문에 이미 학년 부장에게 미운털이 박혔다. 그런 선생님이 랩 가사들을 낱낱이 읽을 걸 생각하니 공부가 제대로 되지 않았다. 준희는 종례를 마치자마자 교무실로 내려갔다.

"너 요새도 송진우랑 어울리냐?"

선생님이 노트를 주는 대신 물었다.

"아뇨."

작년의 그 사건 때문에 동아리 담당이었던 학년 부장 선생님이 교감 승급 심사에서 미끄러졌다는 이야기가 있었다. 그 뒤로 선생님은 현장에 있었던 아이들 모두를 곱지 않은 시선으로 보았다. 얼떨결에 휘말렸던 준희로서는 억울한 노릇이었다.

"정말이야? 그런데 아직도 이 짓을 하고 있어? 네가 쓴 가사들 봐라. 어디 한 군데 긍정적이고 밝은 구절이 있나. 난 이래서 힙합인지 뭔지가 싫어. 욕이나 찍찍 내뱉는 게 멋인 줄 알아? 제대로 된 음악이라면 말이야, 듣는 사람의 마음을 순화시키고 위로해 주는……."

학년 부장의 훈계가 장황하게 이어졌다. 랩이 나한테는 그렇거든요. 준희는 주머니 속에서 이어폰을 꺼내 귀를 틀어막고 싶은 걸 간신히 참았다. 그리고 대신 속으로 랩을 읊조렸다.

"보자 보자 하니까, 너 지금 뭐 하는 거야!"

학년 부장이 말아 쥔 노트로 준희의 어깨를 내리쳤다. 준희는 자신도 모르게 머릿짓을 하고 있었음을 깨닫고 바로 섰다.

"너 송진우랑 안 어울린다는 거 사실이야? 하는 짓이 그 놈하고 똑같잖아!"

학년 부장에게 그때의 사건이 악몽이라면 준희에게도 다시는 기억하고 싶지 않은 일이었다. 사건이 일어났던 날 밤, 진우로부터 미안하다는 메시지가 왔지만 준희는 답을 하지 않았다. 힙합 동아리 회원도 아닌 자기를 불러내 패싸움에 휘말리게 하고, 경찰서까지 끌려가게 만든 진우에게 화가 났다. 엄밀하게 따지면 공원에 있던 상대편 패거리들이 먼저 시비를 걸어온 바람에 우발적으로 일어난 일이었다. 그래도 준희는 자신을 그 자리에 있게 만든 진우가 원망스러웠다. 게다가 상대편은 준희의 정당방위를 가해 행위로 진술했다. 준희의 발차기에 이가 부러진 아이가 있었기 때문이다. 점박이라고 놀리는 아이들을 혼내 주려고 배운 태권도를 그렇게 써먹게 될 줄 몰랐다.

그날 경찰서에서 본 게 진우의 마지막 모습이었다. 싸움 주동자로 지목받아 곧 딴 학교로 전학 갔기 때문이다. 준희는 진우를 다시 보지 않아도 돼 홀가분했다. 그런데도 선생님은 자꾸만 진우와 자신을 연관 지었다. 못마땅한 감정이 선생님을 바라보는 눈빛에 실렸다 해도 어쩔 수 없다.

"어딜 노려봐? 네가 아주 진우 대를 잇는구나, 대를 이어. 너 이 노트 찾고 싶으면 이번 주 내로 부모님 모시고 와. 그러지 않으면 못 돌려받을 줄 알아."

준희는 노트를 흔들어 대는 학년 부장에게 인사도 하지 않고 교무실을 나와 버렸다. 그러곤 서둘러 이어폰을 귀에 꽂았다. 익숙한 랩 비트가 답답한 준희의 가슴속으로 신선한 공기처럼 흘러들었다.

책가방을 가지러 5층에 있는 교실로 가던 준희는 계단에서 상규와 맞닥뜨렸다. 힙합 동아리 회원이며 사건 현장에도 함께 있었던 상규는 비니를 뒤집어쓰고 있었다. 귓불에는 귀고리가 반짝거렸고, 교복 윗도리 밖으론 후드 티의 모자가 나와 있었다. 진우 후계자는 준희가 아니라 상규이다.

상규가 모르는 척 지나가려는 준희를 불렀다. 준희는 마지못해 한쪽 이어폰만 뺐다.

"그러잖아도 좀 만나려고 했는데. 야, 너 진우 형 바뀐 전화번호 아냐?"

준희는 또 진우 이야기를 듣게 되자 짜증이 났다.

"아니."

"그럼 형 다리 다쳐서 춤 못 춘다는 것도 몰라?"

상규의 말에 준희는 이어폰을 마저 뺐다.

"왜? 어쩌다?"

"아씨, 너도 모르는구나. 전학 간 학교에서 일진들한테 다굴 당하다 맞짱 떴는데 싸우다 발목 인대가 끊어졌대. 의사가 비보잉은 절대 안 된다고 했대. 것뿐인 줄 아냐? 그 학교에서도 전학 가라고 해서 아예 때려쳤대."

상규가 전하는 진우의 상황이 가슴을 퍽퍽 치는 것 같았다.

"넌 어떻게 알았어?"

"경호 사촌 형이 그 학교에 다녀. 진우 형이 전화도 안 되고 집에도 안 들어온다고 해서 알아봤지. 아무래도 잠수 탄 것 같아. 아씨, 형 춤 못 추면 어떻게 하냐?"

준희도 비보잉을 못 하는 진우는 상상할 수 없었다. 준희가 랩을 하는 건 취미지만 진우에게 비보잉은 단순한 취미가 아니라 형의 전부였다. 학교까지 그만둔 진우 형은 어디서 무얼 하며 지내고 있을까.

무겁고 복잡한 마음으로 교실 문을 연 준희는 혼자 앉아 있던 여자애와 눈이 마주쳤다. 같은 반이 맞나 싶을 정도로 낯설었다. 준희는 눈길을 거두고 자기 자리로 가서 가방을 챙겼다. 교실을 나오는데 등 뒤에서 여자애 목소리가 들렸다.

"야, 너 때문에 집에도 못 가고 있었잖아."

준희는 어리둥절해서 돌아다보았다.

"나 때문에? 왜?"

"니 책가방이 있는데 어떻게 문을 잠가."

여자애는 화가 난 기색이었다.

"미안하다."

준희는 건성으로 말하고 교실을 나왔다. 여러 가지로 재수 없는 날이라는 생각이 들었다.

현관에서 실내화를 갈아 신던 준희는 휴대폰을 꺼내 전원을 켜고 메시지를 확인했다. 하지만 새로 온 게 없었다. 요즘 들어 혜지가 먼저 메시지를 보내오는 횟수가 줄었다. 준희는 외고 지망생의 내신 관리 부담 때문이라고 이해했다. 혜지는 3학년이 되면서 학원 수업 시간도 늘었고, 준비해야 할 게 만만치 않다고 힘들어했다. 준희는 공부와 외모 모두 빠지지 않으면서도 잘난 척하지 않는 혜지가 여자 친구인 게 자랑스럽고 좋았다. 준희는 혜지에게 메시지를 보냈다.

– 끝났음. 어디?

답이 없었다. 혜지네 학교도 아침에 휴대폰을 걷었다가 종례 뒤에 나눠 주었다.

"맡겼다 찾았다 하기 귀찮아서 요샌 잘 안 가지고 다녀."

얼마 전에 혜지가 한 말이 떠올랐다. 오늘도 집에 두고 온 모양이다. 휴대폰을 손에서 떼지 않고, 틈날 때마다 셀카를 찍어 대는 아이들과 다른 것도 마음에 들었다. 준희는 혜지가 다니는 학원 앞으로 가기로 했다. 이제껏 이런 일은 처음이다. 학원 차에서 내린 뒤 수업 시작까지 10분 정도 시간이 있으니 잠깐이라도 혜지를 보면 진우 소식을 듣기 전으로 돌아갈 수 있을 것 같았다.

준희는 자줏빛 목련이 피어 있는 담장가 보관대에서 자전거를 꺼냈다. 혜지를 생각하니 목련꽃이 마음속에서도 피어

나는 듯했다. 자전거에 올라탄 준희는 페달을 힘껏 밟았다. 혜지가 먼저 사귀자고 하지 않았으면 오늘 같은 날도 없었을 것이다. 준희는 2학년 때, 이웃에 사는 승태 엄마가 주도해서 꾸린 논술 과외에서 처음 혜지를 만났다. 준희는 혜지가 첫눈에 좋았지만 6개월 뒤 과외를 그만둘 때까지 내색하지 않았다. 내색은커녕 무관심으로 가장했다.

얼굴의 점이 그렇게 만들었다. 어릴 때부터 아이들은 준희를 이름 대신 점박이나 달마시안이라고 불렀다. 몽고반점이라고 부르는 애도 있었다. 그때마다 준희는 싸우거나, 싸우기에 벅찬 상대면 형에게 일렀다.

"그런데 준희야, 점이 있어서 좋은 것도 있어. 만약에 널 잃어버려도 점 때문에 찾을 수 있잖아. 네 얼굴에 있는 점은 내 동생 이준희라는 표시야."

어느 날 준희를 놀린 아이를 혼내 주고 돌아오며 형이 말했다.

"사과 같은 준희 얼굴 예쁘기도 하지요. 눈도 반짝, 코도 반짝, 점도 반짝반짝~!"

엄마는 세수를 시켜 줄 때마다 노래를 불렀다.

"눈, 코, 입처럼 점도 너의 일부야. 사람마다 다 자기만의 특징이 있는 것처럼 점은 네 얼굴의 특징이야."

좀 더 커서는 아빠가 이렇게 말해 줬지만 준희에게 점은 사람들과의 사이를 가로막는 보이지 않는 막 같은 것이었다. 준희는 누구든 자신을 볼 때 점부터 본다는 걸 알았다. 그러고는 준희에 대해 마음대로 상상했다. 준희는 차츰 자신을 놀리는 아이들과 싸우는 대신 허물없이 별명을 부를 만큼 친한 친구를 만들지 않게 됐다. 친구 대신 랩에 빠져들었다.

혜지가 먼저 사귀자고 하지 않았으면 그 애에 대한 감정도 마음에 담아 둔 채로 끝났을 것이다. 마지막 과외 날 논술 선생님은 아이들을 노래방에 데려갔다. 준희는 이제 혜지를 볼 수 없다는 아쉬움을 랩으로 달랬다. 혜지한테서 사귀자는 메시지가 온 건 며칠 뒤였다. 혜지가 아니었으면 준희는 진우가 만든 힙합 동아리에 들었을지 몰랐다.

"난 니가 랩을 잘하고 가사까지 쓰는 건 멋있지만 날라리 같은 애들하고 어울리는 건 싫어. 힙합 하면 꼭 그렇게 티를 내고 다녀야 해?"

우연히 진우를 본 혜지가 말했다. 준희는 혜지에게 진우는 날라리가 아니라 단지 학교나 그에 딸린 것들을 비보잉이나 랩만큼 좋아하지 않을 뿐이라고 바로잡지 못했다. 패싸움에 휘말리게 됐을 때도 준희는 가족보다도 혜지가 그 사실을 알면 어떻게 생각할까 걱정됐다. 그래서 진우에게 더 화가 났다. 준희는 억울하게 휘말린 걸 혜지가 알아준 덕분에 일상으로 쉽게 복귀할 수 있었다. 오늘도 혜지를 만나고 나면 진우 소식 때문에 어둡고 복잡해진 마음을 빨리 추스를 수 있을 것 같았다.

준희는 학원 근처에서 샌드위치와 생과일주스를 샀다. 컵라면이나 삼각 김밥으로 저녁을 때우는 혜지를 위해서였다. 얼마 뒤 차가 학원 앞에 서고, 아이들이 내렸다. 드디어 혜지가 보였다. 달려가려던 준희는 멈칫했다. 혜지의 손엔 휴대폰이 들려 있었다. 자신의 메시지에 답하지 않았던 동안에도 혜지가 휴대폰을 갖고 다녔을 거라고 생각하자 불길한 상상이 일었다.

그때 준희를 본 혜지가 당황하며 빠른 걸음으로 다가왔다.

'학원 앞으로 오는 게 아니었어.'

혜지가 주변을 살피는 걸 보면서 준희는 후회했다. 혜지가 먼저 사귀자고 했다고 해서 얼굴의 점이 사라진 건 아니다. 혜지는 당연히 학원 아이들에게 준희를 보이고 싶지 않을 것이다.

"여기까지 어쩐 일이야? 나 얼른 들어가서 숙제 못 한 거 해야 하는데."

혜지가 준희의 눈길을 피하며 말했다.

"그, 그냥. 이 근처에 뭐 사러 왔다가 얼굴이나 보려고 온 거야. 자, 이거."

준희는 샌드위치가 든 비닐봉지를 혜지에게 내밀었다. 봉지를 들고 학원으로 들어가던 혜지가 뒤를 돌아다보았다.

"토요일에 전화할게. 할 말 있어."

그 말이 준희의 마음에 쿵, 자국을 남기며 떨어졌다. 혜지가 이별을 준비하고 있다, 라고 준희는 생각했다.

일주일 내내 준희는 마음을 다지고 또 다졌다. 헤어지자는 말을 들어도 구차하게 매달리지 않을 거야. 먼저 그만 만나자고 선수 치는 것도 치사한 짓이야. 혜지가 헤어지자고 하면 그동안 좋았다고, 잘 지내라고 말해 주고 쿨하게 돌아서야지. 혜지에게서 연락이 왔을 때 준희는 할 말을 연습까지 하고 나갔다.

목련꽃 그늘 아래서 혜지가 쉽게 말을 꺼내지 못하고 머뭇거렸다. 준희도 이별의 그림자가 저벅저벅 걸어오는 걸 힘겹게 견디고 있었다. 꽃샘추위에 마음까지 시린 밤이었다. 드디어 혜지가 입을 열었고 준희는 심호흡을 했다.

"너……, 입양아라는 거 사실이야?"

깊게 들이마신 숨을 미처 다 뱉지 못한 준희는 얼굴의 점이 온몸으로 퍼지는 듯한 느낌이 들었다. 준희는 자신이 입양됐다는 사실을 알고 있는 공개 입양아였다. 준희는 굳어진 얼굴로 혜지를 바라보았다.

"왜 나한테 그 얘기 안 했어?"

함께 과외를 했던 승태는 준희가 입양아임을 알고 있었다. 그래서 혜지도 알 거라고 생각했다. 설령 모른다고 해도 굳이 알리고 싶지 않았다. 혜지가 몰랐으면 좋겠다고 생각했다.

"승태도 알고 있는 사실을 왜 내가 모르고 있어야 돼? 내가 너한테 그거밖에 안 되는 존재야? 나는 우리 엄마가 외고 가려면 남친부터 정리하라고 해서 싸우기까지 했어. 떨어지면 너 때문이라고 할까 봐 내가 얼마나 열심히 공부하는 줄 알아?"

혜지가 눈물이 그렁그렁한 얼굴로 말했다. 혜지 마음이 그만큼이구나. 준희는 혜지의 눈물로 가슴이 가득 차오르는 느낌이었다. 혜지야. 준희는 떨리는 손을 뻗어 혜지의 손을 잡았다. 진즉부터 잡고 싶었지만 용기를 내지 못했다. 혜지가 잡은 손에 힘을 주며 바라보았다.

"준희야, 난 니가 입양아래도 상관없어. 그래도 난 니가 좋아."

그, 래, 도. 한 음절, 한 음절이 날카롭게 심장에 박혔다. 준희는 자기도 모르게 혜지의 손을 놓았다. 좋다는 말은 '그래도' 때문에 조금도 기쁨이나 위안이 되지 않았다. '점'일 때는 그래도 좋아해 주는 혜지가 고마웠다. 그런데 이번엔 그렇지 않았다. 점이 떨어지기도, 돋아나기도 하는 잎이라면 입양아란 사실은 어찌해 볼 도리가 없는 견고한 뿌리와 같다는 사실을 처음 알게 된 기분이었다.

"너 요즘도 진우 만나냐?"

준희는 아빠와 함께 공원 의자에 앉아 있었다. 저녁을 먹은 뒤 공원에 가자고 했을 때 아빠가 우울한 자기 기분을 눈치챈 거라고 여겼다. 준희는 아빠에게 혜지 이야기를 털어놓고 싶어 군말 없이 따라나섰다. 그런데 아빠는 느닷없이 진우 이야기를 꺼냈다.

"혹시 학교에 갔었어?"

준희는 대답 대신 물었다.

"그래. 작년에, 그 선생님한테 전화가 와서 갔다. 아무래도 네가 진우하고 다시 어울리는 것 같다고 걱정하시더라. 네 노트는 아빠 차에 있어."

아빠도 노트를 봤겠지.

"왜? 진우 형 만나면 안 돼?"

선생님이고 아빠고 진우를 세균 덩어리 취급하니까 반발심이 생겼다. 진우는 인대가 끊어져 이제 춤도 못 춘다는데.

벚꽃들이 가로등 불빛 아래에서 뭉게구름처럼 피어오르고 있었다. 공기 속에도 봄 내음이 물씬 묻어났다. 하지만 준희 가슴속에는 여전히 혜지를 마지막으로 만났던 날 밤처럼 꽃샘바람이 불었다. 며칠째 혜지한테서 메시지와 전화가 왔지만 준희는 답장을 보내지도, 전화를 받지도 않다가 그만 만나자는 메시지를 보냈다. 혜지를 떠올리자 가슴속이 새삼스레 욱신욱신 쑤셨다.

"그게 아니라……, 갠 지금 어디 고등학교 다니냐?"

"안 다녀."

준희는 내뱉은 그 말에 쾌감을 느꼈다.

"안 다닌다고? 학교를?"

아빠가 놀라 등받이에서 몸을 떼었다.

"응, 작년에 때려쳤대."

준희는 그게 자신의 일인 양 속이 후련해졌다.

"왜? 또 무슨 일로?"

"전학 간 학교에서 싸우다가 인대 나가서 춤도 못 춘대."

"학교 안 다니면 뭐 하고 살아? 너 정말 진우랑 안 만나는 거지?"

아빠는 진우가 다쳤다는데도, 그래서 춤을 못 춘다는데도 학교 타령만 했다. 그 모습은 그날 경찰서로 자기 아이를 데리러 왔던 다른 부모들과 다를 게 없었다.

"의무 교육, 이게 문제야. 옛날 같으면 퇴학감인 애를 학교에 붙들어 둬서 착실한 애들까지 버린다니까."

학부모들은 사건의 발단이 모두 진우에게 있다고 여겼다. 왜냐하면…….

"엄마는 집 나가고, 알코올 중독인 아빠밖에 없다는데 그런 환경에서 애가 온전하게 크겠어요? 우리 애는 진우를 하늘로 안다니까요. 그런 애를 학교에 그냥 다니게 하면 우리 애들을 모두 전학시킨다고 합시다."

준희는 화장실에 다녀오다가 어른들이 모여서 수군거리는 소리를 들었다. 준희가 입양아란 사실을 알았다면 그들은 환경을 들먹거리며 준희도 위험인물로 몰고 갔을지 모른다. 혜지가 '그래도' 좋다고 한 건 그런 뜻이다. 자신의 아들이 남들에게 어떻게 보이는 줄도 모르고 진우를 만나고 있을까 봐 걱정하는 아빠가 가소로웠다.

"네가 정 음악이 하고 싶다면 반대할 생각은 없다. 대신 진우 같은 애들이랑 어울려 다니지 말고 그 계통은…… 이모가, 너 이모 기억하지?"

준희는 아빠 입에서 나온 '이모'란 단어에 흠칫 놀랐다. 아빠가 말한 이모는 준희의 생모다.

"이모가 그 계통은 잘 아니까 상의해 보는 게 좋지 않겠어? 이건 이모 명함이다."

준희는 얼결에 받아 든 명함을 내려다보았다.

드림박스 엔터테인먼트 대표이사 주선민, 금박을 입힌 글자가 빛나고 있었다. 마치 이모의 존재가 그렇게 빛나고 있는 것 같았다.

자기를 버리고서도 잘살고 있는 생모와, 아무렇지 않게 그 생모를 만나라고 하는 아빠 사이에서 준희는 길을 잃은 느낌이었다.

어둠의 경로

중간고사 결과가 나왔다. 2학년 기말 성적보다 평균 점수가 더 떨어진 민기는 걱정이 됐다. 본능적으로 위험을 감지하는 난파선의 쥐처럼 민기는 이번 성적표가 불러올 고난을 온몸으로 예감했다.

아빠는 성적표를 보고 더는 말로만 엄포를 놓아서는 안 된다고 생각하겠지. 그리고 그동안 참았던 것까지 더해져 고난의 강도는 더욱 높아질 것이다. 엄마가 막아 주리라고 기대하지도 않는다. 지금까지 편들어 준 것에 대한 배신감이 아빠의 분노를 부추기지만 않아도 고마울 따름이다. 그런 엄마가 아들이 그저 놀러 다니는 줄로만 알지 연예인이 되겠다고 돌아다니는 줄은 모르는 게 천만다행이다.

민기가 받은 점수는 현중 엄마가 현중에게 새 휴대폰으로 바꿔 주겠다고 한 점수였지만 아무 도움이 되지 못했다. 집에다 그 이야기를 했다간 그런 애와 어울려 다니니 성적이 그 모양이라고 더 혼날 게 뻔했다.

"야, 세상은 왜 이렇게 불공평하냐? 어차피 너는 그 점수 맞아도 혼날 텐데 너랑 나랑 바뀌었으면 나는 새 휴대폰이라도 생기지."

반 꼴찌를 한 현중이 억울해했다.

"그러면 나는 죽는데, 그건 공평한 거냐?"

싱거운 소리를 해도 걱정은 줄어들지 않았다.

"박현중! 너를 어떻게 하면 좋으니. 네가 우리 반 평균 점수를 얼마나 깎아 먹었는지 알아?"

영어 담당인 담임이 수업 시간에 들어와 현중을 일으켜 세운 뒤 말했다. 인사를 하자마자 책상에 엎드려 잘 준비를 하던 현중은 어서 끝내고 잠이나 자게 해 주었으면 좋겠다는 표정으로 서 있었다. 다년간 학급 평균을 떨어뜨리는 데 혁혁한 공을 세운 현중에게 그 정도 잔소리는 파리 날갯짓 정도일 것이다.

"어떻게 빵점을 맞아? 똑같은 번호만 찍어도 몇 개는 맞겠다. 그렇게 답 사이로 빠져나가기도 어렵지 않니, 응?"

담임 선생님 말에 아이들이 와르르 웃었다.

“야, 빵점은 진짜 너무한 거 아니냐? 다음부턴 담임 말대로 똑같은 번호로 찍어라.”

수업이 끝난 뒤 민기는 아이들과 함께 웃었던 것을 미안해하며 말했다. 현중이 남 얘기처럼 실실 웃었다.

“그러면 고민도 한 번 안 해 보고 성의 없이 찍었다고 야단칠걸. 어제 왜 벌선 건데.”

미술 시험 답안지에 브이(V) 자 모양으로 마킹한 현중은 교무실로 불려 가서 무릎 꿇고 벌을 섰다. 답안지에 장난쳤다는 이유였다.

“난 그래도 미술이라 예술적으로 찍은 건데, 미술 선생이 그걸 이해 못 하더라니까. 아무튼 친구야, 난 도무지 모르겠다. 어른들은 왜 그렇게 애들 공부에 목숨을 거는 걸까?”

“그거야 공부 잘하는 애들이 대학도 잘 가고, 좋은 대학 나오면 좋은 데 취직하니까. 그리고 나라를 이끌어 갈 사람은 그런 애들이니까. 부모님이고 선생님이고 자기 애들을 그런 사람으로 만들고 싶으니까 그런 거지.”

민기가 초등학교 때부터 아빠에게 들어 머리에 박힌 내용을 좔좔 읊었다. 이젠 자신과도 거리가 멀어진 이야기였다.

“됐다 그래. 나는 공부 못해도 연예인 돼서 유명해지고 돈도 많이 벌 거야. 그래서 공부 잘했던 놈들 벤츠 탈 때 난 연예인 밴 타고 다닐 거야."

현중은 오히려 전의를 불태웠지만 민기는 막막한 기분이 들었다. 요즘 들어 되돌아가기엔 너무 멀리 와 버린 길 위에서 엉거주춤 서 있는 자신을 깨닫곤 했다. 오디션을 쫓아다니면 다닐수록 자신에겐 열정과 끼가 부족하다는 걸 느낄 뿐이었다. 그런데도 책상 앞에 앉아 공부만 하는 생활은 한없이 지루하고 재미없었다.

현중은 성적표가 나올 때가 되자 위험하지만 구미가 당기는 제안을 했다. 포토샵으로 성적표를 고치자는 거였다. 현중은 컴퓨터를 제법 다룰 줄 알았다. 게임 레벨을 높이기 위해, 각종 어둠의 경로에 진입하기 위해 현중의 컴퓨터 실력은 지금도 발전하고 있는 중이다.

"내가 뭐 꼭 새 휴대폰을 갖고 싶어서 이러는 건 아니야. 우리가 열여섯 살이나 되지 않았겠니. 열여섯 살이면 춘향이하고 이 도령은 합방까지 했던 나이잖아. 고생하는 엄마 아빠가 실망하실 걸 생각하면 너무 마음이 아파서 그래."

현중이 자기 가슴을 움켜쥐고 아픈 표정을 지었다.

"나이스로 성적표 다 볼 수 있는데 나중에 들키면 어떻게 하려고."

민기는 상상만으로도 심장이 조여들었다. 그런데도 들키지 않을 수만 있다면 성적을 고치고 싶었다.

"니네 엄마 평소 나이스에 잘 들어가?"

민기는 고개를 저었다. 엄마는 맨날 아이디나 비번을 잊어버리곤 했다.

"그럼 됐어. 그리고 우리 엄마는 나를 믿으니까 확인 안 할 거야."

민기는 친구 말을 믿고 싶었다. 아빠도 오른 성적을 굳이 다시 인터넷으로 확인하려 들지는 않을 것이다.

민기가 마음을 굳힌 건 엄마의 전화 때문이었다. 종례가 끝나고 휴대폰을 찾기 무섭게 엄마한테서 전화가 왔다.

"오늘 성적표 나왔지? 몇 등 했어?"

"저번보다 올랐으니까 걱정하지 마."

민기는 얼떨결에 그렇게 말해 버렸다.

"정말? 몇 등인데?"

"등수 안 나오잖아. 평균이 쫌 올랐어. 엄마, 나 오늘 애들하고 피시방에 가기로 했어. 거기서 곧바로 학원 갈 거야."

민기는 서둘러 전화를 끊었다.

'그래. 이건 안 혼나려고 그러는 게 아니야. 우리 가족의 평화를 위해서야.'

민기는 스스로를 변명했다. 민기의 성적이 떨어지면 아빠 엄마가 싸웠다.

“다른 집들은 엄마가 알아서 다 한다는데 당신은 도대체 애한테 관심이 있는 거야, 없는 거야! 재 저러다 어디 변변한 대학에 가겠어?”

아빠가 탓을 하면 엄마도 화를 내며 맞받아쳤다.

“그럼 당신이 시켜 봐. 머리 컸다고 내 말은 들어 먹지도 않는 걸 나더러 어쩌란 말이야?”

아빠가 부서를 옮긴 다음 툭하면 비상에 걸려 바쁜 게 참으로 다행이었다. 이제 가정의 평화를 위해서도 어쩔 수 없이 성적표를 고쳐야만 한다. 내일 들키는 한이 있더라도 오늘 당장은 피하고 싶었다.

민기는 현중네 집으로 갔다. 문을 열고 들어선 현중은 민기를 보며 손가락을 입에 댔다. 영문을 모르는 민기가 현관에 엉거주춤 서 있는 사이 현중은 발뒤꿈치를 들고 자기 방에 가서 문을 왈칵 열어젖혔다.

“너 지금 뭐 보고 있어!”

민기는 야동을 보다 들켜 당황스러워하는 현규의 모습을 상상하며 웃음을 흘렸다.

“너, 형님이 그런 거 보라고 했어, 보지 말라고 했어?”

현중이 제법 엄한 말투로 다그쳤다.

"보, 보지 말라고. 그런데 일부러 본 게 아니라 저절로 떠서 자, 잠깐 본 거야."

겁먹은 현규 목소리가 들렸다.

"한 번만 더 보면 이 형님한테 죽는다. 얼른 학원 가."

현중이 잔뜩 힘이 들어간 목소리로 말했다.

학원 가방을 들고 방에서 나온 현규가 민기를 보곤 얼굴을 붉혔다.

"짜식, 많이 컸네. 공부 열심히 해."

민기가 씩 웃으며 말했다.

"형아, 엄마가 냉장고에 있는 잡채 전자레인지에 데워 먹으래."

현규가 기어들어 가는 목소리로 말하곤 집을 나갔다.

"박현중, 제법 형 노릇하는데."

민기는 현중에게 말했다.

"야, 내가 내 이미지를 코믹 컨셉으로 잡아서 그렇지, 알고 보면 나도 한 집안의 장남이라고. 잡채 데워 갈 테니까 방에 가 있어."

현중의 컴퓨터 앞에 앉은 민기는 혹시나 하고 모니터를 켜 보았으나 야동 화면은 사라지고 없었다.

중1 때 집에 아무도 없는 줄 알고 야한 동영상을 보다 누나한테 들켰다.

"이 저질, 변태야! 너 이상한 거 한 번만 더 봤다간 아빠한테 이를 줄 알아."

다행히 누나는 경고로 그쳤지만 민기는 낯이 화끈거려 다시는 볼 마음이 생기지 않았다. 그리고 야동을 보고 난 뒤엔 연호도 자꾸만 달리 보였다. 그 또한 유쾌한 기분은 아니었다.

현중이 잡채 접시 두 개를 들고 들어와 한 개를 민기에게 건넸다.

"넌 야동 보다 걸린 적 없냐?"

민기가 잡채 접시를 받으며 물었다.

"없겠냐. 그것도 아빠 주민등록번호로 보다 걸렸어."

잡채를 입에 넣던 민기 눈이 휘둥그레졌다.

"그런데 어떻게 살아 있냐?"

"아빠도 중고딩 때 야한 잡지 봤다면서 지금 호기심 많은 게 당연하대. 그런데 야동에 나오는 건 뻥이 심한 거라서 많이 보면 문제가 생길 수 있으니까 될 수 있으면 보지 말래."

현중이 자기 잡채를 후르륵 먹으며 말했다.

"아빠가 그런 말을 해?"

민기가 놀라 물었다. 민기네 집에선 '사랑의 매' 감이었다.

"응. 목욕탕에 가서 등 밀어 주면서 그러더라."

"그럼 넌 맘 놓고 실컷 보겠네."

"현규랑 같은 방 쓰는데 뭘 실컷 봐. 내 동생은 공부 잘하거든. 나는 공부로는 글렀으니 동생이라도 밀어줘야지. 집에 대학생 한 명 정도는 있어야 하지 않겠냐. 그래야 우리 엄마 아빠도 살맛이 나지."

공부도 못하고 실없이 우스갯소리나 하는, 그래서 약간은 만만하게 여겨 왔던 현중이 달리 보였다. 2년이나 붙어 다녔으면서도 현중에게 의젓한 면이 있다는 걸 처음 알았다.

"참, 너 래퍼랑 언제 만날 거냐? 보컬은 꼬셨고?"

현중이 포토샵 프로그램을 열며 물었다. 지금까지 숱하게 오디션을 봤지만 기획사는 쉽게 문을 열어 주지 않았다. 많고 많은 TV 오디션 프로그램도 지역 예선에서 다 떨어졌다. 민기와 현중은 전략을 수정하기로 했다. 둘만으로는 약하니 실력 있는 아이들과 팀을 만들어 도전하기로 한 것이다.

연호는 메인 보컬, 준희는 랩, 민기는 서브 보컬과 얼굴, 현중도 서브 보컬과 예능 담당.

"그게 잘 안 되네. 그것들이 잘난 것도 없으면서 빼팅겨."

민기는 연호가 알아다 준 휴대폰 번호로 준희에게 오디션을 제안했다. 얼굴의 점 같은 약점을 갖고 있으니 같이 하자고 하면 좋아할 줄 알았는데 단칼에 거절당했다. 하지만 연호는 진지하게 제안하면 솔깃해할 거라고 자신했다. 민기는 거북이 등딱지처럼 단단한 자존심을 가진 연호가 자신에게는 약하다는 걸 알았다.

"그럼 래퍼는 니가 알아서 해. 보컬은 여자애니까 내가 맡을게."

현중의 말에 민기는 코웃음을 쳤다.

"야, 걔 만만치 않다. 내가 해도 안 되는 애를 니가 어떻게 설득하려고?"

"니가 뭘 모르는구나. 여자애들이 잘생긴 거에 넘어가는 줄 아는데, 재미있는 남자를 더 좋아하거든. 소개만 시켜 줘. 한 시간 안에 보컬하게 만들 테니까."

민기는 자기 말엔 요지부동이던 연호가 현중의 제안에 응하는 걸 상상하자 속이 쓰렸다. 이건 또 무슨 심보야. 스스로도 어이없었다.

"참, 걔 예쁘냐?"

현중이 물었다. 민기는 대답 대신 한숨을 쉬었다. 예뻤으면 벌써 연호의 감정을 아는 척했을 것이다.

"그 정도로 아니야?"

"여자 박현중이라고 보면 된다."

"뭐? 나야 예능 담당이니까 괜찮지만 메인 보컬이 그러면 곤란한데. 노래는?"

"끝내줘. 그러니까 메인 보컬 시키려는 거지."

"정말 그렇게 잘해? 어디서 배웠어?"

현중이 미심쩍어했다.

"그 집 유전자가 그런가 봐. 걔네 할머니가 옛날에 국악 같은 거 했대. 걔네 엄마도 노래 부르고."

"가수야?"

현중이 눈이 둥그레졌다.

"그, 그런 셈이지 뭐. 무명 가수라고나 할까."

민기는 연호 엄마를 한 번도 가수라고 생각해 본 적이 없지만 그렇게 말했다. 그리고 현중에게 속속들이 말하고 싶은 걸 참았다. 그건 준희에 대해서도 마찬가지였다. 말했다가 나중에 연호나 준희가 알면 입 싼 애라고 흉볼까 봐서였다.

"걔랑은 언제부터 한집에 살았는데?"

"4학년 때부터."

"솔직하게 말해 봐. 너 걔랑 사귀지? 그래서 못생겼는데도 보컬로 끼워 주려는 거지?"

현중이 살피는 눈길로 민기를 보았다.

"꺼져. 내 스탈이 아닌 거지 못생긴 건 아니거든. 진짜 노래를 잘한다니까. 딴 덴 몰라도 드림박스는 도전해 볼 만한 것 같아."

민기가 말했다. 연호가 여자로 보인 적이 아예 없었던 건 아니다. 한번은 머리를 감았는지 수건으로 감싼 채 대문을 열어 주러 나왔을 때, 샴푸 냄새가 훅 끼치면서 마음이 야릇해졌다. 또 한 번은 마루에 걸터앉아 마당 수돗가에서 운동화를 빠는 연호와 이야기를 나눌 때였다. 그 애가 몸을 움직일 때마다 허리춤의 맨살이 드러났다. 자꾸만 그곳으로 눈길이 가서 이야기하다가 방으로 들어와 버렸다. 그리고 맨 처음으로 그랬던 건 함께 노래방에 갔을 때였다.

6학년 때 처음으로 연호의 노래 실력을 알았다. 연호 엄마가 한턱 쏜다고 해서 노래방에 갔다. 어른들과 아이들이 각각 다른 방에서 놀았는데, 연호는 민기와 누나가 몇 번씩 부른 뒤에야 마지못해 마이크를 잡았다.

그런데 초등학생이 아니라 마치 가수가 부르는 것 같았다. 누나는 앙코르를 외쳐 댔다. 처음에 쑥스러워하던 연호는 한 곡 두 곡 부를수록 스스로 노래에 빠져들어 열창을 했다. 민기는 넋을 놓고 연호를 바라보았다. 노래 부르는 연호가 그 당시 사귀던 예솔이보다 훨씬 더 예뻐 보였다. 예솔이

와 헤어지고 연호랑 사귈까, 하는 생각까지 했을 정도였다. 하지만 노래방에서 나오자 더는 예뻐 보이지 않았다.

그 뒤로 민기는 연호와 서너 번 더 노래방에 갔다. 민기는 아직 연호보다 더 노래를 잘 부르는 아이를 본 적이 없다.

장미의 외출

토요일이었다. 연호는 담장에 덩굴장미가 피어 있는 골목 입구에 잠시 서 있었다. 쇼핑백 손잡이 개수가 모자라 일감을 주는 집에 다녀오는 길이었다. 초여름의 환한 햇살 아래 핀 붉고 흰 장미는 눈부시게 화려했다. 바람에 실려 온 장미 향기에 연호는 잠시 어지러움을 느꼈다. 빈속에서 쓴 물이 올라왔다.

집이 가까워질수록 연호는 다리가 헛놓였다. 부엌문을 열면 꿈에서처럼 집이 사라졌을 것 같았다. 불도저가 와서 부순 집을 보는 것보다 더 두려웠다. 겉에서 보면 멀쩡해서 아무도 집이 없어진 걸 몰랐다. 한집에 사는 민기네는 물론 텅 빈 공간에 앉아 있는 할머니조차도 그 사실을 몰랐다. 연호

혼자 고스란히 그 공포를 짊어져야 했다. 꿈에서 느끼는 두려움은 현실로도 전염이 돼 연호는 잠들기가 무서웠고 밥맛도 없었다.

연호는 될 수 있는 한 늦게 들어가려고 천천히 걸었지만 어느새 집 앞이었다. 철 대문의 녹슨 경첩에서 나는 소리가 곧 헐릴 집의 비명 같았다. 마당으로 들어서자 음식 냄새가 풍겼다. 고기 냄새였다. 민기 엄마가 성적이 오른 아들을 위해 음식을 만드는 모양이다. 연호는 오늘도 민기가 오디션장을 기웃거리다 늦게 돌아오기를 바랐다. 민기네 식구가 오순도순 둘러앉아 밥 먹는 장면을 보고 싶지 않았다.

"성적 오른 걸 보니 이제 정신 차리려나 보다."

민기 엄마는 연호에게 눈물까지 글썽이며 자랑했다. 연호는 민기보다 훨씬 잘하고도 칭찬은커녕 집 걱정에 마음 졸여야 하는 자신이 불쌍해서 눈물이 났다. 그런데 고기 냄새는 민기네가 아니라 문이 활짝 열려 있는 연호네 부엌에서 나고 있었다. 연호는 멈춰 서서 남의 집인 양 들여다보았다. 환한 햇살 아래에서 보는 부엌은 굴속처럼 어두웠다. 가스레인지 앞에서 요리를 하고 있는 사람은 엄마였다. 등이 푹 파인 옷을 입은 엄마의 뒷모습은 20대 아가씨 같았다. 돌아서던 엄마가 연호를 발견하곤 반색을 했다. 아이라인을 짙

게 그린 얼굴 어디에도 열여섯 살 난 딸의 엄마라는 흔적은 보이지 않았다.

"어머, 연호 왔구나. 우리 연호 그동안 많이 컸네! 이제 3학년 된 거지?"

이름 앞에 '우리' 자만 붙이지 않았으면 이웃집 아줌마가 할 만한 대사였다. 엄마라는 사람이 몇 달 만에 나타나서 딸에게 할 말은 결코 아니다. 연호는 가슴속에서 맹렬한 기세로 솟구치는 게 시장기인지 분노인지 분간이 되지 않았다. 기분대로라면 엄마에게 구정물 끼얹듯 그 감정을 쏟아 놓고 싶었다.

"우리 애기 왔는가. 배고프제. 얼릉 들어오거라잉. 느그 에미가 시방 너 준다고 맛난 것 하고 있응께."

연호는 손녀를 만난 반가움을 얼굴 가득 담고 있는 할머니를 보자 마음이 더 복잡해졌다. 할머니한테는 엄마도 연호와 마찬가지로 손녀다. 연호는 늙은 할머니의 치마폭에 몸을 감춘 채 엄마의 의무를 저버리기 일쑤인 엄마에게 늘 화가 나 있었다.

"연호야, 얼른 들어가. 밥 다 됐어."

엄마는 연호가 방으로 들어가자마자 상을 들여왔다. 먹음직스러운 고기볶음과 싱싱한 상추를 보자 입안 가득 군침이 돌았다. 연호는 먹지 않고, 웃지 않고, 말하지 않음으로써 얼마나 화가 나 있는지 엄마에게 보여 주고 싶었지만 자석에 끌려가는 쇠붙이처럼 몸이 저절로 상 앞으로 다가갔다. 연호가 상 앞에 앉자마자 엄마는 고기쌈을 들이밀었다.

"됐어. 내가 알아서 먹을 테니까 할머니나 신경 써."

연호는 엄마 손을 밀어내며 퉁명스레 말했다. 엄마가 싸 준 쌈을 덥석 받아먹고 싶지 않았다. 그동안 가슴 졸였던 시간을 밥 한 끼와 바꿀 수는 없었다. 하지만 갓 지은 밥과 새로 만든 반찬들이 너무 맛있었다. 엄마도 할머니를 닮아서 음식 솜씨가 좋았다. 할머니 눈이 안 보이기 시작한 뒤로 연호는 직접 반찬을 만들어야 했다. 할머니 설명에 따라 소금도 넣고, 마늘도 넣었지만 어설픈 솜씨로 만든 음식은 제맛이 나지 않았다. 이렇게 제대로 된 밥상은 정말 오래간만이다.

연호는 얼마나 허겁지겁 음식을 집어넣고 있는지도 모를 만큼 정신없이 먹어 댔다. 더는 들어갈 자리가 없을 만큼 배가 불러서야 숟가락을 놓았다. 식사를 마친 할머니와 엄마가 연호를 흐뭇하게 보았다. 연호는 습관대로 상을 들고 나가려다 멈추었다. 여느 아이들에겐 일상인 일이 대단한 선물처럼 여겨진다는 사실에 배 속 음식들이 반란을 일으키는 것 같았다. 엄마가 밥상을 들고 나가 치웠다.

"연호야, 우리 찜질방에 가자. 오다 보니까 사거리에 찜질방 새로 생겼더라. 할머니, 어때? 좋지?"

설거지를 마치고 들어오며 엄마가 말했다.

"지금 찜질방 갈 정신이 있어? 민기네 아줌마랑 얘기했어? 아줌마가 엄마 기다렸단 말이야."

연호는 그동안 잠잘 때도 짓누르던 걱정 보따리를 엄마에게 안겼다. 엄마 거라고 생각했기에 더 무겁고 짜증나던 보따리였다.

"아줌마 지금 예식장에 가서 없어. 얘기는 이따 저녁때 하기로 했어."

민기 엄마가 하려는 말을 짐작하고 있을 텐데도 엄마는 태평이었다. 연호는 엄마에게 무슨 대책이 있어서라는 믿음이 가지 않았다.

"도대체 왜 연락이 안 되는 거야? 그럼 집세랑 생활비라도 제대로 보내야 할 거 아니야. 수련회비도 내야 된단 말이야. 엄마는 할머니랑 내가 걱정되지도 않아? 이러다 우리가 굶어 죽어도, 거리에 나앉아도 엄마는 모를 거야."

연호는 할머니가 화장실에 간 틈을 타 엄마에게 쏟아붓듯이 말했다. 더 모질게 다그치고 싶은데 미처 하지 못한 말들이 눈물이 돼 쏟아졌다.

"빚쟁이한테 자꾸 전화가 와서 번호 바꾸는 바람에 그렇게 됐어."

"그럼 나한테는 바뀐 번호를 알려 줘야지. 보증금까지 빼 가고선 도대체 빚은 왜 또 진 거야?"

엄마가 아이라면 두들겨 패고 싶었다.

"누군 빚지고 싶어서 졌니? 사기당하는 바람에 그렇게 된 걸 어떻게 해. 걱정 마. 야간업소에서 오라는 데 있으니까 계약금 받으면 방부터 얻어 줄게. 수련회비는 이따 줄 거고. 이제 됐지? 그럼 목욕 가는 거다."

하나도 해결된 게 없는데도 엄마는 "이제 됐지?" 라고 물었고, 연호는 그렇다고 믿고 싶었다.

하지만 목욕은 가고 싶지 않았다. 연호는 생리를 하고, 가슴이 부풀기 시작하면서 엄마와 함께 목욕하는 게 싫었다. 엄마가 제대로 돌봐 주지 않는데도 잘 자라고 있음을 보여 주고 싶지 않았다. 엄마가 딸에 대해 마음을 놓는 게 싫었다.

"안 간다니까. 할머니하고나 가."

연호는 벽에 기대앉은 채 꼼짝도 하지 않았다.

"쯧쯧, 우리 애기가 그동안 에미가 많이 보고 자펐능가 보네. 어린양하는 것 봉께로. 연호야, 얼릉 가자. 그동안 할미가 등도 지대로 못 밀어 줬는디 에미 보고 밀어 달라고 하면 좋잖냐. 하냥 목간하고 나면 맴도 풀릴 것이여."

더듬거리며 방으로 들어온 할머니가 말했다.

결국 연호는 할머니, 엄마와 함께 집을 나섰다.

"엄마 때문에 가는 거 아냐. 할머니 때문에 가는 거야."

"알았어, 기집애야. 그리고 좀 웃어라, 웃어. 가랑잎만 굴러가도 웃을 나이에……."

잔뜩 인상을 쓴 채 걷고 있는 연호를 보고 엄마가 말했다.

'가랑잎 굴러가는 거 보고 웃는 대신 생활비 걱정하고, 월세 걱정하게 만든 게 누군데.'

연호는 원망이 가시지 않았다.

엄마는 동네 목욕탕에나 가자는 할머니 말을 무시하고 새로 문을 연 찜질방으로 갔다. 아직 낮이어선지, 아니면 날씨가 더워서인지 사람이 많지 않았다. 연호는 엄마, 할머니와 함께 찜질방 옷으로 갈아입었다. 엄마가 수건으로 양 머리 두건을 만들어 씌워 주었다. 세 식구가 같은 옷을 입고 똑같은 모양의 수건을 쓰고 있으니 우습기도 하고 재미있기도 했다. 비로소 할머니와 둘이 사는 삶에 드리워진 결핍의 그림자가 걷히는 것 같았다.

"오매, 뜨끈허니 좋다잉!"

소금 찜질방 안에 들어가자 할머니는 웃는 얼굴로 바닥을 더듬더듬 만져 보았다.

"좁아터진 방에 앉아 있는 것보다 여기가 훨씬 낫지? 여기서 자도 돼. 오늘 밤 여기서 자고 갈까, 할머니?"

엄마가 할머니에게 물었다.

"엄마! 이따 민기 엄마랑 이야기해야지."

연호 목소리가 날카로워졌다. 엄마와 함께 있어도 온전히 마음이 놓이지 않았다. 엄마는 자신이 할머니와 딸에게 어떤 존재인지, 어떤 역할을 해야 하는지 잊을 때가 많았다. 어린 손녀를 키우느라 허리가 굽고, 또 그 손녀의 딸을 키우는 동안 시력까지 잃은 노인과 골방처럼 어둡고 습기 찬 가슴을 지니기엔 아직 어린 여자아이 곁에, 엄마는 그저 나비처럼 나풀거리며 날아와 잠시 앉았다 가곤 했다. 그런 엄마가 불안하고 못마땅한 연호와 달리 할머니는 늘 엄마를 감쌌다. 할머니는 엄마의 할머니니까 그런다지만 왜 자식인 자신까지도 엄마를 봐줘야 하는지 억울하기만 했다.

"아참, 그렇지. 그럼 목욕하고 조금만 놀다 가자."

엄마가 살얼음이 뜬 식혜와 구운 달걀을 사 왔다. 연호는 벽에 붙은 가격표를 모르는 척했다. 할머니가 볼 수 없는 게 다행이다. 엄마와 있으면서도 그런 생각에서 벗어날 수 없는 게 짜증 났다.

"오매, 맛난 거. 이거 비싸지야?"

식혜를 마시며 할머니가 말했다.

“안 비싸, 할머니. 이깟 식혜랑 달걀이 비싸 봐야 얼마나 비싸겠어.”

엄마 대신 대꾸한 연호는 식혜를 벌컥벌컥 들이켰다. 할 수만 있다면 걱정도 모두 삼켜 버리고 싶었다. 지금은 지금만 생각해. 미리 사서 걱정할 건 없잖아. 앞으로도 걱정할 일 많을 텐데. 연호는 자신에게 말했다.

연호네는 찜질방에서 저녁까지 먹고 나왔다. 골목으로 들어서자 장미 향기가 가득했다. 한결 선선해진 바람이 기분 좋게 옷자락을 흔들었다.

“장미는 뭐니 뭐니 해도 백장미가 최고야. 안 그러니, 연호야?”

엄마가 담장 위로 피어오른 덩굴장미를 가리키며 말했다.

엄마의 맨 얼굴은 기미와 화장독 때문에 깨끗하지 않았다. 짙은 화장에 가려 있던 삶의 흔적이 드러난 그 모습이 오히려 조금은 엄마처럼 보였다. 할머니를 가운데 놓고 엄마와 함께 걷는 연호의 가슴속으로 장미 향기가 스며들었다. 이런 일이 일상이 된다면 걸핏하면 솟아나는 마음의 가시도 사라질 것 같았다.

집에 도착하니 민기네가 문을 활짝 열어 놓은 채 마루에서 고기를 구워 먹고 있었다. 민기가 제비 새끼처럼 입을 벌리고 자기 엄마가 건네주는 고기쌈을 막 받아먹는 중이었다. 아들에게 채소를 먹이려고 민기 엄마는 열심히 쌈을 쌀 것이다. 민기 아빠도 민기 성적이 많이 올랐으니 오늘은 핀잔을 주지 않겠지. 연호는 다른 날 같았으면 안으로 곪는 상처가 됐을 풍경을 웃으며 바라볼 수 있는 게 좋았다. 집 문제 때문이 아니더라도 엄마가 와서 참 좋다는 생각이 처음으로 들었다.

"온 식구가 목욕했나 보네. 저녁은 먹었어? 지금 연호 엄마가 사다 준 고기 먹고 있는 거야. 어디서 샀는지 고기가 아주 좋아."

민기 엄마가 쌈 싼 걸 들어 보이며 말했다. 민기 아빠가 눈인사를 했고, 민기와 민주도 엄마에게 인사를 했다.

"네. 찜질방에서 저녁까지 먹고 오는 거예요. 어머, 민기는 이제 제법 남자 티가 난다. 민주는 공부하기 힘들지? 계장님은 얼굴이 더 좋아지셨네요."

엄마가 싹싹하게 주인집 식구들의 안부를 챙겼다.

"연호 엄마, 이리 와서 한잔해. 얘기도 좀 하고."

민기 엄마가 말했다. 연호는 민기네 마루에 걸터앉은 엄마를 두고 할머니와 함께 집으로 들어왔다.

"니 엄마가 무슨 대책을 세우고는 있는 건지……. 니네 때문에 요새 같아선 집 앞에 도로 나는 게 좋은 줄도 모르겠다. 방이 하나만 더 있어도 그냥 같이 살자고 하고 싶어."

민기 엄마가 엄마 소식을 물을 때마다 연호는 마음이 타들어 가곤 했다.

엄마와 이야기를 하고 나면 민기 엄마의 걱정도 줄어들겠지. 어른들 일은 어른들에게 맡기고 연호는 오래간만에 TV 예능 프로그램을 보며 마음 편히 웃었다. TV 소리 사이로 엄마와 민기 엄마의 웃음소리가 들려왔다. 민기 아빠의 웃음소리도 섞여 있었다. 엄마가 담장 위의 장미처럼 집안 가득 기분 좋은 향기를 퍼뜨리고 있었다.

엄마는 술이 얼큰하게 취해 돌아왔다.

"어떻게 됐어? 이야기 잘했어?"

연호는 엄마를 보기 무섭게 물었다.

"그럼. 민기네가 월세 보증금은 아무 때고 빼 준다니까 엄마가 돈 되는 대로 학교 근처에 방 알아볼게. 너 학교 때문에 멀리 갈 수는 없잖아."

"정말 그럴 수 있는 거야?"

영 미심쩍은 연호가 다시 확인했다.

"그렇다니까."

"그럼, 엄마 야간업소에 나가면 이제 시장에서 노래 안 부르는 거야?"

"아니지. 오라는 데는 다 가야지. 그래야 방도 얻고 빚도 갚고 저금도 하지. 엄마가 다 알아서 할 테니까 넌 아무 걱정 말고 공부만 열심히 하면 돼. 우리 연호 대학생 만드는 게 엄마 꿈이야."

허세라고 해도 좋았다. 연호는 자신이 엄마의 꿈이라는 사실에 달콤한 기분이 들었다. 그리고 예기치 않은 임신으로 고등학교도 제대로 다니지 못한 여자의 인생이 안됐다는 생각도 들었다. 그 여자가 자기 엄마가 아니었다면 벌써 이해도, 동정도 했을 것이다.

"학교랑 너무 가까운 데 사는 건 싫어. 방 구할 때 나랑 같이 가야 돼. 알았지?"

"그래, 알았어. 나 오늘 가운데서 자도 되지?"

셋은 나란히 자리에 누웠다. 가운데 누운 엄마는 할머니에게 어리광을 했다. 얼마 지나지 않아 초저녁잠이 많은 할머니가 먼저 잠이 들었다. 이불 속에서 몸이 닿자 엄마가 돌아누워 연호를 끌어안았다. 연호는 어색하기 짝이 없으면서도 엄마 입에서 풍기는 술 냄새가 달착지근하게 여겨졌다.

"연호야, 너 남자 친구 있니?"

어둠 속에서 엄마가 물었다. 남자 친구는커녕 여자 친구도 만들고 싶지 않게 만든 게 누군데. 엄마는 투명 인간이 뭔 줄 알아? 낮에는 엄마의 말 한 마디에도 발딱발딱 고개를 쳐들던 가시가 엄마와 함께 누운 지금은 배부른 개처럼 꼬리를 흔드는 시늉만 하고는 잠잠해졌다.

"없어."

"좋아하는 애도 없고?"

엄마 말에 준희 얼굴이 얼핏 스치고 지나갔다. 민기가 아니라 준희 얼굴이 떠오른 게 이상했다.

민기에게 준희 이야기를 들은 다음부터 자꾸만 그 애가 신경 쓰였다. 준희가 학년 부장 시간에 걸렸던 날 연호는 청소 당번이었다. 연호는 혼자 남아 준희를 기다렸다. 가방 때문이기도 했지만 휴대폰 번호를 알아다 달라는 민기의 부탁을 전할 좋은 기회였다. 학급 명단에 휴대폰 번호가 있지만 먼저 허락을 구하는 게 옳았다. 그런데 교실로 돌아온 준희는 기다려 준 걸 고마워하기는커녕 연호를 없는 아이 취급했다. 반 아이들에게 그런 존재이기를 바랐지만 막상 준희가 자신을 투명 인간인 양하자 슬그머니 화가 났다. 내가 널 알아본 것처럼 너도 날 알아봐야 하잖아. 자신은 다른 족속인 것처럼 시치미를 떼고 있는 게 기분 나빴다.

“있구나! 누구야? 어떤 애야?”

엄마가 연호의 침묵을 시인으로 받아들이며 채근했다.

“없어.”

왕싸가지. 연호는 준희를 지워 버렸다.

민들레회

“어이, 사춘기 환자, 오늘 심기는 어떠냐?”

청소를 하던 찬희가 준희 방문을 열고 말했다.

“문 닫아.”

침대에 누워 음악을 듣던 준희는 벽 쪽으로 돌아누웠다.

“여보, 소파 베란다로 내놔야지?”

아빠 목소리가 들려왔다.

“응, 그래야 모두 둘러앉지. 찬희야, 너는 뒤 베란다에서 큰 상 좀 꺼내 와라.”

엄마 말은 물소리에 섞여 있었다.

“네, 엄마. 이준희, 이따 손님들 왔을 때는 예의 지켜라.”

형이 말하곤 문을 닫았다. 문 너머로 바쁘게 움직이는 가족의 모습이 소리로 느껴졌다.

작은아들에게 사춘기가 왔다고 생각하는 엄마는 준희가 짜증을 내거나 신경질을 부려도 여유 있는 웃음으로 대처했다. 오히려 준희가 여느 아이들처럼 제때에 사춘기를 겪는 걸 흐뭇해했다. 준희는 그게 더 짜증났다. 모든 아이들이 겪는 통과의례를 거치고 있다고 편하게 생각하는 가족에게 거리감이 느껴졌다. 왜 그러냐고 다그치기라도 한다면 핑계 삼아 혜지와의 일과 그로 인한 충격, 상처 등을 털어놓을 수도 있을 텐데. 가족은 입양아란 사실이 준희에게 어떤 영향을 주고 있는지 까맣게 몰랐다.

'오늘 오는 사람들한테도 내가 사춘기라고 하겠지.'

그러면 민들레회 회원들은 자기 아이 일처럼 대견해하며 준희를 바라볼 것이다.

공개 입양 가족 모임인 '민들레회'는 석 달에 한 번씩 회원들의 집을 돌며 모였다. 이번엔 준희네 차례였다. 준희는 민들레회 입양아 중 가장 나이가 많았다. 회원들은 비교적 이르게 공개 입양을 한 준희네 가족을 본보기로 삼았다. 준희는 언제부턴가 그들을 만나는 게 싫었다. 민들레회 동생들도 더는 반갑거나 귀엽지 않았다. 자기와 같은 아이들을 떼로 만날 일이 너무 싫었다. 준희는 벌떡 일어나 방을 나왔다.

"어디 가려고?"

엄마가 물었지만 준희는 아무런 대꾸 없이 신을 신었다.

"시내가 오빠 보고 싶다고 난리란다. 주한이도 너한테 만들어 달라고 프라모델 가지고 온대. 그러니까 니 팬들 생각해서 일찍 와. 알았지?"

준희는 옷차림을 매만져 주려는 엄마 손길을 슬쩍 피하곤 문을 열었다.

"저녁 같이 먹게 그 전에 꼭 와, 아들."

엄마 목소리가 등 뒤로 따라 나왔다.

공개 입양하는 이유가, 입양된 아이가 나중에 그 사실을 알고 충격을 받거나 정체성의 혼란을 느낄까 봐서라는데, 준희는 차라리 모르고 있다가 아는 게 더 나을 것 같았다. 그동안 그 사실을 감추려고 애쓴 부모의 눈물겨운 노력이 충격과 상처를 치유해 줄 것 같았다. 준희는 입양한 사실을 소문내며 키우는 사람들이 위선자로 보였다. 엄마 아빠까지도. 하지만 또 한편으론 부모님의 사랑을 의심하고 깎아내리는 자신이 구제받을 수 없는 못된 아이처럼 여겨져 괴로웠다. 준희는 혼자만 고통의 구덩이에 내팽개쳐진 것 같았다.

진우 형도 이런 기분이었을까. 경찰서로 쫓아온 다른 아이의 부모들을 보면서 형도 혼자 버려진 느낌이었겠지. 진우가 어디 있는지 안다면 한달음에 달려가고 싶었다. 그리고 사과 대신 자기 이야기를 하고 싶었다.

아파트 단지를 빠져나온 준희는 길가에 우두커니 서 있었다. 막상 집을 나섰지만 갈 곳이 없었다. 피시방이나 가는 수밖에.

그때 민기한테서 메시지가 왔다. 어떻게 번호를 알았는지 민기는 전화도 걸어오고 몇 번이나 만나자는 메시지를 보내왔다. 팀을 만들어서 오디션을 보자고 했다. 그때마다 준희는 거절하거나 무시하는 걸로 대응했다. 연예인 되겠다고 설쳐 대는 애들한텐 관심 없었다. 그리고 자신에 대해 알고 있는 아이와 만나고 싶지도 않았다. 이번에도 무시하는데 또 메시지가 왔다.

— 너 자꾸 내 메시지 씹기냐?

— 무슨 일?

— 뭐 하냐?

— 암것두 안 해

그럼 자기 있는 곳으로 오라고 했다. 지하철역 근처에 있는 피시방이었다. 어차피 피시방밖에 갈 데가 없었던 준희는 그곳으로 발걸음을 옮겼다. 민기는 준희를 놀리는 아이들 틈에 끼어 있긴 했어도 심하게 굴지는 않았다. 그동안 어떻게 변했는지 궁금하기도 했다. 그때보다 덩치가 커졌다고 해도 겁나지 않았다. 남의 이도 부러뜨린 발차기 실력의 소유자 아닌가.

피시방으로 간 준희는 민기를 찾아냈다. 열심히 게임을 하고 있는 민기는 옛날 모습 그대로였다. 막상 보자 상상만 할 때보다 훨씬 더 반가웠다. 비어 있던 시간들이 묵은 정으로 채워지는 느낌이랄까.

민기는 온라인 게임을 하고 있었다. 준희도 좋아하는 농구 게임이었다. 준희가 옆으로 가자 힐끗 올려다본 민기는 계속 키보드를 두드리며 어제도 만났던 사이처럼 말했다.

"왔냐? 잠깐만, 이 판만 하고."

후줄근한 운동복에 부스스한 머리가 피시방에서 밤을 새운 듯한 몰골이었다. 민기는 혼자가 아니라 친구와 함께였다. 끼리끼리 논다더니 민기 친구는 한술 더 떠 속옷이나 다름없는 윗도리를 입고 있었다.

"그냥 계속해. 나도 자리 받아서 할 거야."

준희는 별생각 없이 서서 민기가 게임하는 걸 보았을 뿐인데 민기 옆자리의 초등학생이 겁을 먹고 슬그머니 일어났다. 준희는 그 자리를 배정받아 앉았다. 셋은 팀을 만들어 게임을 시작했는데 민기 친구는 모르는 사이였으면 한 팀이 될 수도 없을 만큼 높은 레벨이었다.

"너 여기서 밤샜냐?"

게임을 하며 준희가 민기에게 물었다.

"청소년은 10시면 쫓겨나는 거 몰라?"

"그런데 꼴들이 왜 그래?"

준희는 민기 친구를 슬쩍 보며 말했다.

"깊이 알려고 하지 마라. 아픈 사연이 있으니까."

민기가 한숨을 쉬며 대꾸했다. 준희도 자세히 알고 싶은 생각은 없었다.

"배 안 고프냐?"

눈도 아프고 어깨도 뻐근할 즈음 민기가 물었다. 준희도 배가 고팠다. 저녁은 집에 와서 먹으라는 엄마의 당부가 떠올랐지만 준희는 그 자리에 끼고 싶지 않았다.

"배는 고프지만 게임비 낼 돈밖에 없는데."

"일단 나가자. 참, 너희들 서로 모르지? 얘는 박현중이고, 얘는 이준희야."

민기의 뒤늦은 소개에 이미 게임에서 만났던 준희와 현중은 모른다고도, 안다고도 할 수 없는 어정쩡한 얼굴로 눈인사를 나누었다.

현중이 민기 게임비까지 내는 눈치였다. 밖으로 나오자 민기는 한쪽으로 가더니 어디론가 전화를 했다. 그러곤 환한 얼굴로 돌아왔다.

"좀 있으면 친구가 돈 갖고 올 거니까 우리 저기 가 있자."

민기가 분식집을 가리켰다.

"친구 누구?"

현중의 물음에 민기는 이따 보면 안다면서 분식집 문을 열고 먼저 들어갔다. 준희는 누군지 모르는 아이의 돈으로 저녁을 먹어야 한다는 사실이 썩 내키지 않았다. 그래도 집에 가는 것보다는 나아 따라 들어갔다. 민기는 이것저것 잔뜩 시켰다. 음식이 나오고 한동안은 먹느라 조용했다.

"다 먹고 우리 노래방 가자. 준희 너, 밥값 대신에 랩 불러 봐. 얼마나 잘하기에 그렇게 튕기나 좀 보게."

민기가 떡볶이 양념이 묻은 입으로 말했다. 준희가 피식 웃었다.

"밥값 대신이면 니가 거슬러 줘야 하는데."

배가 불러서인지 농담이 나왔다. 할 이야기도 없는데 얼굴 보고 앉아 있는 것보다 노래방에 가는 게 준희도 좋았다.

"자신 있다 이거지?"

휴대폰으로 시간을 본 민기가 잠깐 기다리라고 하더니 밖으로 나갔다.

"가수 누구 좋아해?"

둘만 남겨지자 현중이 어색한 표정으로 말을 걸어왔다.

"제이 알 라이언."

"뭐 부르는 가순데?"

"힙합."

"힙합 가수 말고는?"

"힙합 말고는 안 들어."

"왜?"

"그냥. 다른 음악은 별로 가슴에 와닿지 않아."

"성격 한번 이상하네. 나는 아무 음악이나 다 좋던데."

"그거야 사람마다 다르니까."

준희는 남의 취향을 갖고 이러쿵저러쿵하는 현중이 더 이상했다.

"음악은 몰라도 옷은 힙합 패션이 좋더라. 그런데 우리 아빠는 똥 싼 바지 같다고 입지 말래."

준희는 실소로 대답을 대신했다. 힙합에 대해 아무것도 모르는 아이와 진지한 이야기를 하고 싶지 않았다. 새 힙합이 나오면 진우와 열띤 논쟁을 하던 일이 떠올라 마음이 알

싸해졌다. 혜지와 헤어진 뒤, 혜지보다 진우 생각이 더 자주 났다.

"나는 엠씨 태그가 좋던데. 걔 랩 잘하지 않냐?"

준희는 댄스 음악 중간에 구색 맞추듯 나오는 랩은 진정한 힙합 음악이 아니라고 생각했다.

"그렇지, 뭐."

한 번 보고 말 아이와 깊은 이야기를 나누는 게 싫었지만 부딪치고 싶지도 않았다. 어쨌거나 민기 친구였다. 그리고 민기 역시 또 볼 일은 없겠지만 굳이 나쁘게 끝내고 싶지 않았다.

민기가 돌아왔다. 할 말이 궁했던 준희는 다행이다 싶었다. 현중도 같은 생각을 했는지 반색을 했다. 돈을 가져온 아이가 누군지 민기 뒤를 살폈지만 아무도 없었다. 그것도 다행이었다. 처음 보는 얼굴은 현중만으로 족했다.

"가자."

민기가 앞장을 섰다. 옆 건물 지하에 있는 노래방에 가자 미리 말을 해 놓았는지 종업원이 방 하나를 가리켰다. 그 방으로 들어간 준희는 깜짝 놀랐다. 준희와 눈이 마주친 연호도 놀란 얼굴로 일어섰다. 학년 부장에게 걸렸던 날, 준희 때문에 집에 빨리 못 갔다고 짜증 부렸던 뒤론 연호가 눈에 들어왔다. 연호는 민기를 째려보더니 나가려고 했다.

"미리 말 안 해서 미안해, 연호야. 아씨, 얘기했음 너 그냥 갔을 거잖아. 이왕 온 거니까 놀다 가, 응?"

민기가 연호 팔을 붙잡고 사정했다. 둘은 가까워 보였다. 그 정도면 현중과도 아는 사이일 것이다. 연호가 가겠다고 하는 이유가 자기 때문이라는 생각이 들자 준희는 민망해졌다.

"내가 갈 테니까 니들끼리 놀아."

준희가 돌아서는데 연호와 실랑이를 벌이고 있던 민기가 소리쳤다.

"현중아, 준희 잡아! 야, 조연호! 너 때문에 준희 간다잖아."

현중이 준희 앞을 가로막았다. 잠시 망설이던 연호가 다시 자리에 앉자 현중이 준희를 끌어다 앉혔다.

"아오, 넷 다 모이기 겁나 힘드네. 오늘 같은 날 넷이 모인 걸 보면 대박 날 징조다. 조연호, 나 박현중이다. 민기한테 내 얘기 들었지?"

현중의 말에 연호가 또 민기를 째려보았다. 짐작과 달리 연호도 현중과는 처음인 모양이었다.

갈 데도 없는데 될 대로 돼라, 하는 마음으로 준희는 의자에 몸을 기댔다. 같은 반인 연호와는 무슨 말이든 해야 할 것 같아서 입을 열었다.

"민기한테 내 폰 번호 가르쳐 준 게 너야? 내 번호는 어떻게 알았냐?"

크게 비난하고 싶은 생각은 없었는데 말이 뚝뚝하게 나왔다.

"우리 반 연락망 명단에 있잖아."

연호 말투도 준희 못지않게 퉁명스러웠다.

"남의 번호를 허락도 없이 막 알려 줘도 되는 거냐?"

이번에도 시비조가 되었다.

"그건 민기한테 따져."

연호가 하나도 안 미안한 표정으로 대꾸했다.

"야야, 니들 혹시 사귀냐? 어째 분위기가 그렇다."

현중이 말했다. 어이없어하는 준희와 연호에게 현중이 또 말했다.

"싸움은 학교 가서 하고, 노래방에서는 노래나 부르자."

"그래. 우리 신나게 놀자."

민기가 분위기를 띄웠지만 준희는 기분이 나지 않았다. 아무 걱정 없이 피시방이나 노래방에 다니며 휴일을 즐기는 아이들과, 갈 데가 없어 서성거리는 자신과는 너무 거리가 먼 것 같았다.

"아무래도 나는 가는 게 좋겠어. 너희들끼리 놀아라."

준희는 착잡한 마음으로 말했다.

"아냐, 내가 갈 테니까 너희들끼리 놀아. 나는 원래 민기한테 돈만 주고 가려고 했어."

준희와 연호가 서로 일어서려고 하자 현중이 소리를 높였다.

"아오, 정말 쪽팔리게 이런 얘기까지 해야겠냐. 조연호, 너는 민기랑 한집에 사니까 우리 상황 잘 알 거고. 야, 이준희, 오늘이 어떤 날이냐 하면 우리가 성적표 위조한 거 걸려서 집에서 도망 나온 날이거든. 우리도 지금 노래하고 놀 기분 아니다. 그런데 어떻게 해. 노래라도 부르면서 이 위기를 극복해야지. 이런 날 우리가 니들한테까지 까여야겠냐?"

연호가 한심하다는 눈길로 민기와 현중을 바라보았고 준희는 자기도 모르게 풋, 하고 웃음을 터뜨렸다. 단숨에 아이들과의 거리가 좁혀지는 것 같았다.

"성적표 위조? 바보 아냐? 인터넷으로 다 확인할 수 있는데, 웬 뻘짓이야."

준희가 어이없어하며 민기와 현중을 번갈아 보았다.

"저 꼴통이 성적표 스캔 받아 놓은 것만 지웠어도 안 걸렸어. 재네 아빠가 그거 보고 우리 집으로 전화해서 다 들통났어, 어유, 이 꼴통, 넌 내 인생의 암초다, 암!초!"

민기가 현중의 목을 끌어안고 때리는 시늉을 했다.

"조연호, 너도 공범이냐?"

연호는 준희가 빙글빙글 웃으며 한 질문을 무시했다.

"야, 연호는 아니야. 돈 빌려주러 온 은인이니까 심기 건드리지 마."

민기가 황급히 손사래를 쳤다. 심기라는 말에 집 나오기 전 형이 했던 말이 생각났다. 연호도 자신처럼 심기가 사나운 모양이다. 저 앤 이유가 뭘까. 그나저나 민기가 연호한테 설설 기는 꼴이 우스웠다. 혹시 둘이 사귀나? 준희는 순간 떠오르는 혜지 얼굴을 애써 지웠다. 아무튼 다른 아이들도 고민을 갖고 있다는 걸 알자 기분이 한결 나아졌다.

"너희들 위로하는 차원에서 내가 먼저 부를게."

준희가 책을 뒤적여 번호를 눌렀다. 연호의 눈길이 느껴졌다. 연호는 오늘 함께 놀았다고 해서 학교에서 아는 체할 아이는 아닌 것 같다. 번번이 짜증 내는 건 별로지만 그런 신뢰감이 들었다. 준희는 제이 알 라이언의 랩을 부르기 시작했다.

"요~ 요!"

현중이 추임새로 흥을 돋웠다. 힙합에 대해선 쥐뿔도 모르면서 추임새나 동작은 그럴듯했다. 다음엔 현중이 불렀는데 그저 그랬다. 민기는 겉멋만 잔뜩 든 게 현중보다 더 별로였다. 연호는 순서가 두 바퀴는 돌아간 뒤에야 마이크를 잡았다. 노래를 부르기 시작하자 연호는 다른 사람 같았다. 말할 때는 퉁명스럽게만 들리던 목소리가 리듬에 실리자 풍부하고 깊이 있는 목소리로 바뀌었다. 열여섯 살짜리 여자애가 비슷한 목소리를 가진 가수를 그저 흉내 내는 게 아니라, 가슴 깊은 곳에서 끌어올려 부르는 느낌이 들었다.

준희는 연호의 노래를 듣다가 우연히 민기를 보았다. 연호를 바라보고 있는 민기 얼굴엔 자랑스러움이 가득 차 있었다. 단지 노래만 감상하는 게 아니라 연호가 동생이나 누나인 듯, 그 애의 실력을 준희와 현중에게 자랑하는 표정이었다.

저 둘은 어떤 사이일까? 준희는 슬며시 궁금해졌다.

고래 사냥

노래방에서 나오니 밤이었다. 잠시 잊고 있던 어두운 그림자가 민기의 가슴을 뒤덮었다. 민기는 현중을 바라보았다. 현중도 파티를 즐기다가 자정을 맞은 신데렐라 같은 얼굴을 하고 있었다. 민기는 그 와중에도 누더기 드레스를 입은 현중이 떠올라 킥 하고 웃었다.

"너는 이 상황에서 웃음이 나오니?"

연호가 놓치지 않고 면박을 주었다. 연호는 노래방에서도 눈이 마주칠 때마다 민기에게 눈을 흘겼다. 민기는 그게 단순한 비난이라기보다 걱정하는 눈길 같아 위안이 되었다.

"이제 뭐 할 거냐?"

준희가 물었다. 고난에 빠진 자신과는 상관없이 한껏 여유로운 모습에 민기는 한배를 탄 것처럼 심란한 얼굴을 하고 있는 연호가 더 고마웠다.

"식구들 잠들 때까지 어디에서든 개겨야지. 준희야, 더 놀다 가자."

민기가 준희에게 말했다. 준희와 본격적인 오디션 이야기를 하고 싶었다. 준희의 랩 실력은 기대 이상이었다. 연호가 노래 부를 때 간주 부분에서 준희는 즉흥 랩까지 했다. 둘이 처음 만났을 때는 티격태격하더니 시간이 지나자 여러 번 함께 불러 본 것처럼 호흡이 척척 맞았다. 민기가 노린 게 바로 그거였다.

"너희들이 원한다면 더 있어 줄 수도 있어."

준희는 민기와 현중이 집에서 도망 나온 걸 안 뒤부터 티 나게 친절해졌다. 어쨌든 고마운 일이었다.

"또 피시방 갈까?"

현중이 말했지만 담배 냄새 때문에 오늘은 그만 가고 싶었다. 그리고 가 봤자 10시가 되면 나와야 한다.

"방탈출 카페에 가 본 사람 있냐? 거기 어때?"

민기가 아이들을 둘러보았다.

"거긴 돈 꽤 들걸. 괜히 여기저기 다니면서 돈 쓰지 말고 차라리 찜질방이나 가자. 편하게 있기에는 거기가 딱 좋아."

현중의 제안이었다. 정말이지 아이들끼리 마음 놓고 갈 만한 데가 없었다.

"찜질방도 10시까지라던데. 그다음엔 어떻게 할 건데?"

준희가 물었다.

"그거야 또 이 형님한테 수가 있지."

현중이 큰소리를 쳤다. 일단 들어가서 놀다 10시 되기 전에 화장실에 숨어 있다가 불 꺼진 다음에 나가면 된단다. 듣고 보니 그럴듯했다. 하지만 연호는 한심해하는 얼굴이었다.

"그런 얕은수에 누가 넘어간다고. 민기 너, 여기에서 또 사고 치면 끝장인 거 알지? 그러지 말고 집에 가서 싹싹 빌어. 니네 아빠, 지금쯤 화 많이 풀어지셨을 거야."

연호가 말했다.

"아냐, 지금은 애매해. 화가 완전하게 걱정으로 바뀐 다음에 들어가는 게 안전해. 연호야, 너도 같이 가자."

민기는 처음으로 넷이 다 모였는데 흐지부지 헤어지고 싶지 않았다.

"싫어. 난 할머니……, 아무튼 집에 가야 돼."

연호는 인사도 없이 휭하니 가 버렸다.

"조연호, 우리 집 불 꺼지면 전화해."

민기가 연호의 등에 대고 소리쳤다.

"재 진짜 노래 잘하네."

현중이 연호 뒷모습을 바라보며 말했다. 민기와 준희의 눈도 어깨를 웅크린 채 종종걸음치고 있는 연호를 따라가고 있었다.

"거봐. 내 말이 맞지? 그래서 재가 얼굴이 좀 달려도 메인 보컬 시키려는 거야."

민기는 말하다 '얼굴이 좀 달려도'에서 아차 싶어 준희 눈치를 힐끗 보았다. 데려온 아이라는 말보다 점박이라는 놀림에 더 화를 내던 게 생각나서였다. 하지만 준희는 여전히 연호의 뒷모습을 바라보고 있었다.

"너 조연호랑 어떤 사이냐?"

준희가 물었다.

"무슨 소리야?"

"한집에 산다며."

"우리 집에 세 살아."

준희는 고개를 끄덕이더니 더는 묻지 않았다. 민기네 집을 기억하고 있다면 연호네가 어디 살지도 알 것이다.

민기는 아이들과 함께 찜질방으로 갔다.

"그런데 식구들이 잠들면 들어간다는 게 가능한 일이냐?"

탈의실에서 옷을 갈아입으며 준희가 물었다.

"안 될 게 뭐 있어. 나는 연호가 대문 열어 준다고 했고, 현중이는 번호 키라 누르고 들어가면 되는데."

민기는 탄탄한 준희의 몸을 힐끔거리며 말했다. 작은 키와 좁은 어깨는 민기의 콤플렉스였다. 오디션에서 자꾸 떨어지는 것도 키 때문인지 모른다. 아빠는 민기에게 그런 유전자를 물려줘 놓고 조금도 미안해하지 않았다. 남자들은 군대 가서도 큰다는 말로 책임 회피를 하려 들었다.

"그게 아니고, 너희들 도망 나온 거라며. 그런 애들이 안 들어오는데 식구들이 잠을 자겠냐고."

준희 말에 현중이 대꾸했다.

"너 같은 도련님이야 안 들어가면 식구들이 벌벌 떨겠지만 우린 내놓은 애들이라 가능한 일이다."

준희가 고개를 절레절레 저었다.

"너 정말 우리랑 팀 짜서 오디션에 나가 볼 생각 없어? 공개 오디션 싫으면 영상 오디션 받는 기획사도 있어."

민기가 본격적으로 이야기를 꺼냈다.

"영상 오디션은 드림박스라는 기획사에서 볼 거야. 거기 대표가 우리한테 관심이 많거든."

현중이 으스대며 말했다. 민기는 현중의 허풍을 모르는 체했다.

"드림…… 박스?"

준희가 즉각적인 반응을 보였다. 눈이 둥그레진 걸 보니 현중의 허풍이 성공한 것 같다.

"너도 아는구나. 하긴 주선민이 레인보우에 있을 때부터 사람 잘 뽑는 걸로 유명했지. 그런 사람이 우리한테 관심을 팍팍 보이더라고."

민기 말투도 현중을 닮아 갔다.

"어…… 떻게?"

준희는 이제 한풀 꺾인 것 같았다. 민기를 바라보는 표정에 부러움이 가득 차 있었다. 주 대표가 보인 관심은 그다지 대단한 게 아니었다. 자기소개서를 보더니 동네와 학교 이름 등을 좀 더 자세하게 물었을 뿐이다. 현중은 민기가 사실대로 말할까 봐 걱정이 됐는지 얼른 대답을 가로챘다.

"그걸 꼭 말로 해야 아냐? 아무튼 우리가 오디션을 겁나 많이 봐서 아는데, 그 정도면 대단한 관심이야. 그치?"

현중의 말에 민기가 자신 있게 고개를 끄덕였다. 준희의 표정은 이제 거의 얼어붙은 것 같았다.

"연호가 메인 보컬하고, 니가 랩하고, 나랑 현중이 서브 보컬이랑 춤 맡으면 완전 환상 아니냐?"

민기가 흥분해서 말했다.

지지부진하던 연예계 진출의 문이 드디어 열리려나 보다. 위조 성적표를 들킨 날, 네 사람이 노래방에서 함께 모인 건 운명이다. 이제 부모님에게도 밝힐 때가 됐다. 공부보다 더 큰 꿈을 이루겠노라고 당당하게 말할 날이 온 것이다. 민기는 자기 앞에 펼쳐질 환한 미래를 상상했다. 그때 휴대폰을 본 준희가 가겠다고 일어섰다.

"야, 금방 왔는데 벌써 가기냐? 얘기도 아직 안 끝났잖아."

민기가 당황한 얼굴로 말했다. 한껏 부풀어 오른 가슴에서 피시식, 바람이 새어 나갔다.

"집에 손님들이 와서 나왔던 건데 이제 다 갔대. 그리고 오디션 이야기는 전에 이미 끝낸 걸로 아는데. 나는 정말 흥미 없거든. 그냥 니들 만나서 이렇게 노는 건 몰라도 그 이상은 싫어. 오늘 고마웠고, 나중에 기회 있으면 갚을게."

준희는 자기 할 말만 하고는 가 버렸다.

"짜식, 되게 잘난 척하네. 야, 재가 한다고 해도 얼굴 때문에 되겠냐? 저 점은 너무 커서 분장해도 못 가릴 것 같은데."

현중이 말했다. 민기도 기껏 찜질방까지 데리고 왔더니 그냥 가 버린 준희가 얄미웠지만 그보다 붙잡고 싶은 욕심이 더 컸다.

"드림박스는 통할 것 같지 않냐? 레인보우에서도 얼굴보다 실력 보고 키운 애들은 다 주선민 작품이라잖아."

민기는 그렇게 믿고 싶었다. 고친 성적표를 들킨 이상 그 잘못을 메꿔 줄 대안이 절실하게 필요했다.

"랩만 잘하면 뭐 해, 인성이 좋아야지. 저런 싸가지하고 같이 했다가 우리까지 인성 나쁘게 보일 수 있어. 걘 빼고 연호나 꼬셔 봐라. 너랑 한집에 사니까 저 자식보다는 쉬울 거 아냐."

현중이 툴툴거렸다. 민기가 그동안 겪어 온 바로는 연호가 준희보다 쉬울 것 같지도 않았다.

"일단 오늘 녹음한 거 보내자. 드림박스에서 관심 보이면 준희도 좋다고 할걸. 그리고 나 오늘 집에 가서 엄마 아빠한테 연예인 되겠다고 이야기할 거야."

민기가 준희의 랩과 연호의 노래를 녹음한 휴대폰을 들어 보이며 말했다. 현중의 다급한 전화를 받고 집에서 도망쳐 나올 때만 해도 이렇게 희망찬 밤이 기다리고 있을 줄 몰랐다. 위기는 곧 기회라고 했던가. 위조 성적표 발각이라는 위기가 연호와 준희를 한자리에 불러 모았다. 덕분에 둘의 목소리를 녹음할 수 있었다.

"우리 엄빠는 내가 연예인 되면 땡큐라니까 너만 허락받으면 돼."

현중이 말했다.

"새끼야, 그런데 성적표는 왜 고치자고 해서……."

"최신 폰 갖고 싶어서 그랬지. 누가 이렇게 들킬 줄 알았냐. 암튼 미안하게 됐다."

"아냐. 생각해 보니까 이건 신의 계시야. 덕분에 연호랑 준희 노래도 들어 보고 녹음도 했잖아."

집에 도착한 민기는 연호네 창문을 두드리지 않고 초인종을 눌렀다.

"나랑은 나중에 말하고 일단은 아빠한테 싹싹 빌어. 안 그럼 너 오늘 맞아 죽는 줄 알아."

쫓아 나온 엄마가 민기의 등짝을 때리며 말했다.

"빌기 전에 할 말 있으니까 엄마도 들어와."

민기는 어깨를 쫙 펴고 안방으로 들어갔다. 아빠 옆에 놓인 '사랑의 매'에 움찔했지만 민기의 기개는 꺾이지 않았다. 엄마가 아빠 눈치를 보며 옆에 앉고, 아빠에게 물컵을 건넨 민주가 그 옆에 앉았다. 입시 준비에 바쁜 누나가 왜 끼어 앉는지 모를 일이었다. 하지만 오늘은 누나도 섣불리 개입하지 못할 거다. 목표가 확실해진 이상 전처럼 어리바리 당하지는 않을 테니까. 민기는 무릎을 꿇고 앉았다.

"드릴 말씀이 있어요. 아버지, 어머니."

난생처음 아버지, 어머니라고 부르자 아빠는 의심 가득한 눈초리로 말했다.

"그래. 우선 네 얘기부터 들어 보고 시작하자."

허튼짓을 하면 가만두지 않겠다는 얼굴이었다.

"아버지, 어머니. 성적표를 위조한 건 정말 반성합니다. 하지만 나름대로 중대한 결심이 있어서 한 일이지 결코 혼나지 않으려고 얄팍한 수를 부린 게 아님을 알아주셨으면 합니다."

민기는 집에 오기 전 연습까지 했던 말을 꺼내 놓았다.

"성적표 위조한 녀석이 무슨 말 같지도 않은 소릴 해. 문서 위조가 얼마나 큰 죄인 줄 알아? 그 죄는 이따 묻기로 하고. 그래, 중대한 결심이란 게 뭐야?"

아빠가 매부터 들지 않는 건 정말 다행이었다.

"저는 연예인이 되고 싶습니다. 그 꿈을 이루기 위해 그동안 많은 노력을 해 왔습니다. 오디션도 무수히 보았고, 가능성이 있다는 결론을 얻었습니다. 제 꿈은 성적과는 관계가 없는 연예인이기에, 제게 의미가 없는 성적표를 고친 건 순전히 부모님의 근심을 덜어 드리려고 한 일입니다."

"뭐? 너 그동안 감쪽같이 속이고 연예인 된다고 돌아다닌 거야?"

엄마가 소리를 질렀다.

"너 또 어디 사기 기획사에 걸려든 거 아냐? 우리 학교 어떤 애도 기획사랑 연습생 계약했다고 학교도 휴학하고 짐 싸들고 숙소에 들어갔는데 기획사가 문 닫는 바람에 망했어."

누나가 즉석에서 자료를 끄집어냈다. 민기는 엄마 아빠를 바라볼 때 지었던 한없이 의젓한 표정을 싹 거두고 누나를 째려보았다.

"조용히 해. 공부밖에 모르는 누나가 꿈을 알아? 나는 지금 내 꿈을 말하고 있는 거야!"

민기가 어금니를 물고 말했다. 비웃으며 더 훼방 놓을 줄 알았는데 누나는 입을 다물었다.

"부모를 속이고 오디션인지 뭔지 보러 다닌 것도 징계감이지만 그건 이미 지난 일이니 용서해 주마. 호기심을 가질 수도 있지. 그런데 그동안 해 봤는데도 안 됐으면 앞으로도 안 되는 거야. 한 번 샛길로 가서 기웃거려 봤으면 이제 더 늦기 전에 제자리로 돌아와. 앞으로는 용납도, 용서도 안 해."

아빠가 단호하게 말했다. 민기는 자신의 진심이 조금도 받아들여지지 않는 것에 화가 났다.

민기는 문서 위조에 대한 벌로 엉덩이를 열 대 맞았다. 아빠의 매는 아빠가 의도한 대로 뼛속에 새겨질 정도로 아팠다. 엄마가 엉덩이 찜질을 해 주었지만 솟구치는 화를 손길에 실었기에 더 아프게 했을 뿐이다.

다음 날 어기적거리며 걷는 민기를 보고 반 아이가 고래 잡았느냐고 물었다. 민기는 그렇다고 했다.

"짜아식, 이제 잡았냐? 형님은 태어나자마자 잡으셨다."

민기도 태어나는 날 포경 수술을 했지만 성적표를 위조한 사실이 알려져 아이들에게 쪽팔리고 선생님한테 혼나는 것보다는 그편이 나았다.

그러고 보니 아빠 애창곡은 「고래 사냥」이란 노래였다. 아빠가 노래방에 갈 때마다 불러 민기도 가사를 외울 정도였다. 아빠 어릴 때 나온 노래라는데 삼등 기차를 타고 고래를 잡으러 동해로 떠나자고 남들까지 충동질하는 내용이었다. 민기는 기차에까지 등수를 매긴 것과, 그런 노래가 1등이라면 사족을 못 쓰는 아빠 애창곡이라는 사실이 어이없어 들을 때마다 웃음이 나왔다. 어느 날 노래를 마친 아빠가 「고래 사냥」은 독재 정권에 의해 한때 금지곡이 되었던 명곡이라고 엄숙하게 말했다.

아빠는 그 노래를 동네에서 유일한 대학생이던 친구 삼촌한테 배웠다고 했다. 고래가 뜻하는 게 무엇인지 설명해 주는 삼촌이 그렇게 멋져 보였다나. 찢어지게 가난한 집 장남으로 고등학교도 갈 형편이 안 됐지만 그 삼촌을 보며 대학생이 되는 꿈을 키웠단다. 민기에겐 '연예인'이라는 꿈이 잡고 싶은 고래였다. 노래에서도 '신화'처럼 숨을 쉬는 고래를 잡으러 간다고 하지 않는가. 실제 고래를 잡을 거라는 확신이 있어서가 아니다. 불가능하더라도 떠나겠다는 말이다.

고래를 잡으러 가자고 목이 터져라 노래를 부를 때면 평소 앞뒤 꽉 막힌 아빠가 조금 달라 보였다. 그런 사람이 고래 잡으러 가겠다는 아들에게 기차표는 못 사 줄망정 엉덩이가 헤지도록 때리다니. 아빠는 성적표 위조에 대한 벌이라고 했지만 민기에겐 꿈을 접으라는 매질로 여겨졌다.

"몸으로 때우는 게 컴퓨터 부서진 것보다 백배는 나아."

현중이 말했지만 순수하게 성적표 위조에 대한 벌이라면 아빠도 현중 아빠처럼 했어야 한다. 현중 아빠는 연예인이 되겠다는 것도, 공부 못하는 것도 다 봐줄 수 있지만 성적표 위조 같은 짓은 그대로 넘길 수 없다며 현중에게 범죄 행위에 쓴 컴퓨터 본체를 부수라고 시켰다. 현중은 사랑하는 컴퓨터를 차마 세게 던질 수가 없어서 살짝 놓았는데, 두 차례나 실패하자 아빠가 빼앗아 내동댕이쳤다고 한다.

"난 내가 그렇게 컴퓨터를 사랑하는지 몰랐다. 컴퓨터가 박살 나는데 내가 부서지는 것처럼 아프고 눈물이 나더라니까. 우리 아빤 솔직히 날 그렇게 내던지고 싶었을 거야."

하지만 민기의 생각은 달랐다. 아들을 때린 아빠보다 컴퓨터를 체벌한 현중 아빠가 더 자식을 사랑하는 것 같았다. 아빠라면 누나의 인터넷 강의 수강을 위해 얼마 전 새로 산 컴퓨터를 절대 부수지 않았을 것이다. 민기보다 컴퓨터가 더 소중할 테니까. 아빠가 컴퓨터만큼이라도 아들을 사랑한다면 자식을 위해 유명 스튜디오에서 프로필 사진도 찍어 주고, 보컬이나 연기 아카데미에도 보내 줬을 것이다. 맨땅에 헤딩하듯 혼자 힘으로 꿈을 이루려고 애쓰는 자식을 기특하게 여기지는 못할망정 싹을 짓밟는 아빠가 원망스러웠다.

민기는 연호한테 빌린 돈에서 남은 걸로 귀를 뚫고 귀고리를 샀다.

"지금 이 시점에서 그건 아니다. 난 못 해. 컴퓨터 박살 난 지 며칠이나 됐다고 귀를 뚫냐. 우리 아빠가 사내자식이 귀고리 하는 건 못 봐준다고 했단 말이야. 우리 참자."

현중이 민기를 말렸다.

"우리 아빠한테 내 결심이 얼마큼 강한지 보여 주려는 거야. 그리고 귀고리 빼고 있으면 귀 뚫은지도 몰라. 귀고리값은 내가 내줄게."

만일 귀를 뚫었다고 야단치면 엉덩이가 헤지도록 때려 놓고 그깟 바늘로 귀 좀 뚫은 것 갖고 웬 난리냐고 받아칠 생각이다. 그렇게 대드는 상상만으로도 속이 후련해지는 느낌이었다.

우정과 효심 사이에서 고민하던 현중은 결국 우정을 선택했다. 민기와 현중은 한쪽 귀를 뚫고 귀고리를 했다. 한 쌍의 귀고리를 나눠 낄 때 둘은 피를 나눠 마시는 의식이라도 치르는 듯 비장했다.

하루하루

담임 선생님이 조회 시간에 수련회비를 내지 않은 아이들 이름을 불렀다. 연호 이름도 들어 있었다.

"내일 마지막 인출 날이니까 부모님께 꼭 스쿨 뱅킹 잔고 확인해 보시라고 말씀드려요."

선생님이 나가자 이름이 불린 아이들은 휴대폰을 내기 전 자기 엄마에게 메시지를 보내거나 전화를 했다. 연호는 휴대폰을 보며 한숨을 쉬다 그냥 보관함에 갖다 넣었다.

연호가 민기에게 빌려주었던 돈은 엄마가 주고 간 수련회비 중 일부였다. 성적 위조한 것을 들켜 도망친 날이 아니었으면 빌려주지 않았을 거다. 민기는 그 돈을 노는데 쓰고 귀고리까지 샀다. 어이없어하는 연호에게 바로 갚겠다고 큰소리를 쳤지만 돈을 갚기는커녕 보기조차 어려웠다. 수련회비 마감일을 앞두고 초조해진 연호는 민기 방에 불이 켜진 것을 보고 메시지를 보냈다.

– 정민기, 왜 돈 안 갚아?

연호가 보낸 메시지에 민기가 전화로 답했다. 잔뜩 낮춘 목소리였다.

"야, 누가 떼먹을까 봐 그러냐? 되게 치사하게 구네. 요새 내 사정 알잖아. 돈줄이 막혔으니까 좀만 기다려 줘. 우리 엄마한테 절대 말하지 마. 지금 시기가 안 좋단 말이야."

민기는 집에 올 땐 귀고리를 뺐기 때문에 아직 귀 뚫은 사실을 들키지 않았다.

돈 빌려준 걸 민기 엄마가 알면 연호도 난처해진다. 민기에게 돈을 빌려주고 노래방에서 놀다 온 날 민기 엄마는 연호에게 혹시 민기 소식 아느냐고 몇 번이나 물었다. 연호는 그때마다 모른다고 거짓말을 했다. 돈 빌려준 걸 말하지 말라고는 연호가 부탁해야 할 판이었다. 연호는 속이 타들어 갔다. 끝내 돈을 못 내 수련회에 가지 못하는 건 상상도 하기 싫었다. 수련회가 그만큼 가고 싶어서가 아니었다. 돈이 없어

중학교 마지막 수련회를 못 간 아이로 기억되는 게 싫었다.

집엔 민기한테 빌려준 돈을 메꿀 만한 여윳돈이 없었다. 얼마 전부터 할머니의 일감도 떨어졌다.

"할머니한테는 그냥 일거리가 없다고 그랬는데, 사실 불량이 많이 난다고 공장에서 더는 일감 주지 말라고 하는구나. 그러니 내가 어쩌겠니."

일감을 나눠 주는 아주머니가 말했다.

"괜찮아요. 엄마가 할머니 절대로 일 못 하시게 하랬어요. 앞으로도 할머니한테 그렇게 말씀해 주세요."

그 말은 진심이었다. 연호도 할머니가 더듬거리며 일하는 모습이 보기 싫었다.

점심시간이 되었다. 연호는 배식을 하고 있는 복도로 나갔다. 하필이면 이번 주에 준희가 급식 당번이었다. 노래방에서 만난 뒤에도 연호와 준희 사이는 달라지지 않았다. 오히려 준희가 연호의 존재를 인지하지 못할 때보다 더 서먹해진 것 같았다. 속없고 덜렁대는 민기가 준희에게 연호네 사정을 떠벌리지 않았을 리 없다. 자기네 집 문간방에 세 사는 것은 물론 연호네 가족사까지 떠들어 댔을지 모른다. 자신의 구질구질한 삶을 아는 아이가 한 교실에 있다고 생각하면 연호는 학교 오는 것도 싫었다. 준희 얼굴의 점이 투명 망토에 뚫린 구멍인 것처럼 연호도 완벽한 투명 인간으로 살기는 틀렸다. 수련회비를 못 내 이름이 불렸을 때 그 구멍은 더 커졌다. 음식 냄새에 군침이 돌았지만 연호는 뒤의 아이들에게 자리를 내주며 배식이 끝나 가도록 앞으로 나가지 못하고 있었다.

"조연호 뭐 해? 빨리 와서 밥 받아. 우리도 먹게."

수민의 말에야 연호는 배식대 앞으로 다가가 식판과 수저를 들었다. 수민이 밥을 퍼 식판에 담아 주었다. 다음엔 은혜가 반찬을 떠 주었다. 이젠 국 당번인 준희 앞에 설 차례다. 연호가 훔쳐본 준희 표정엔 아무 변화가 없었다. 연호가 식판을 내밀자 준희는 국 칸에 떨어진 밥풀을 국자로 옮긴 다음 국을 담아 주었다.

"정민기! 돈 언제 줄 거야?"

연호는 대문 앞에서 지키고 서 있다 민기에게 말했다.

"우리 사이에 몇 푼 안 되는 돈 갖고 되게 그러네. 다음 달 학원비 받으면 줄 테니까 쫌만 기다려."

'몇 푼 안 된다고?'

연호는 민기의 대꾸에 맥이 다 풀렸다.

민기는 연호네뿐 아니라 세상 사람들이 모두 자기네만큼

사는 줄 알았다. 세상 모든 아이들이 모두 저처럼 부모의 관심과 보호 속에서 산다고 생각했다.

"엄마랑 떨어져 살면 잔소리 안 듣고 좋지, 뭐. 너네 엄마도 가끔 만나니까 더 잘해 주잖아."

연호 엄마는 집에 올 때마다 민기에게도 1, 2만 원씩 용돈을 주곤 했다. 그래서인지 민기는 엄마가 화통하다며 연호를 부러워하기까지 했다.

연호는 그럴 때마다 속으로 '그래서 내가 너랑 친구한다.' 라고 말하곤 했다. 투명 인간으로 살고 싶은 연호에게는 민기의 무심함이 오히려 편했다.

일주일 뒤 연호는 담임의 호출을 받았다. 그때까지 수련회에 가겠다면서 돈을 안 낸 아이는 연호뿐이었다. 교무실로 들어서는데 얼굴이 홧홧했다. 연호는 담임 앞으로 쭈뼛거리며 다가갔다.

"어, 그래. 연호야. 거기 앉아."

연호는 선생님 책상 옆에 놓인 의자에 앉았다. 선생님 앞에 놓인 기초 환경 조사서를 보자 연호는 벌거숭이가 된 느낌이었다.

"수련회비 왜 안 내? 혹시 무슨 사정이 있어?"

선생님은 서류를 들여다보며 물었다. 연호는 엄마 직업과 나이를 거짓으로 써넣길 잘했다고 생각했다.

"아, 아뇨. 까, 깜빡 잊었어요."

걱정돼서 꿈까지 꿀 정도였는데 잊었다고 하려니 말이 제대로 나오지 않았다.

"그래. 이젠 통장 인출이 안 된다니까 이번 주까지 행정실에 직접 갖다 내면 돼. 그런데 전문계로 진학한다고 썼네. 성적도 웬만한데. 뭐 특별한 이유가 있니?"

전문계에 가려는 아이들은 대개 두 부류로 나뉘었다. 공부보다 하고 싶은 일이 더 확고하게 있다거나, 성적이 안 되거나. 후자 쪽이 많았다.

"고, 공부에 그다지 취미가 없어서요."

연호는 또다시 얼굴이 뜨거워졌다.

"그래도 너무 일찍 포기하지는 마. 전문계로 가서 열심히 공부하면 동일계 진학도 할 수 있으니까. 대학을 나오면 기회가 더 많아지잖아."

수련회비를 못 내서 불려 온 처지에 대학교 이야기는 다른 세상 이야기 같았다.

"늘 혼자 있는 것 같던데 혹시 애들하고 무슨 문제가 있는 건 아니니?"

어쩌면 선생님은 수련회비 안 낸 것보다 그게 더 신경 쓰였는지 모른다. 혹시라도 자기 반에서 문제가 생기면 골치 아파질 테니까.

"그런 일 없어요."

연호가 자세를 바로 하며 대답했다.

"갑자기 마주 앉으니까 별로 할 얘기가 없지? 평소에 이야기를 많이 나눠야 하는데. 뭐, 어떤 이야기든 좋으니까 하고 싶은 얘기 있음 해."

담임은 이야기를 좀 더 하고 싶어 했지만 연호는 내키지 않았다. 마침 다른 선생님이 담임 선생님에게 말을 건넸다.

"윤 선생님, 회의 시간 다 돼 가요."

"그래요. 연호야, 언제든 할 이야기 있으면 찾아와. 무슨 이야기든 괜찮아."

연호는 교무실을 나왔다. 담임 선생님의 마지막 말이 마음에 남았다.

계단을 올라가 교실로 들어선 연호는 주춤하고 멈춰 섰다. 빈 교실에 혼자 있던 준희는 연호를 보더니 무언가를 쓰던 노트를 덮었다.

학기 초 일이 떠올랐다. 자신은 그때 준희를 기다리고 있었지만 준희는 아닐 것이다. 청소 당번인가? 연호는 말없이 가방을 챙겨 들고 교실을 나왔다.

"야, 넌 기다려 줬는데 고맙다는 말도 없이 가 버리냐?"

잠시 뒤 경중경중 계단을 내려와 연호와 나란히 선 준희가 말했다.

"누가 기다리랬나."

말은 그렇게 하면서도 연호는 국 담는 칸에 떨어진 밥풀을 옮겨 주던 준희의 모습을 다시 떠올렸다.

"자전거 가져올 테니까 잠깐 기다릴래?"

실내화를 갈아 신으며 준희가 말했다.

정말 나를 기다린 건가. 무슨 일이지? 그냥 간다고 할까. 자전거 뒤에 타라고 하면 어떻게 하지. 집까지 데려다준다고 하면? 어디 사는지 이미 알고 있대도 그건 싫었다.

자전거 보관대로 뛰어가는 준희를 바라보는 연호 마음속에 여러 생각이 두서없이 떠올랐다. 혼자 한 생각이 무색하게 자전거를 가져온 준희는 타지 않고 연호와 보조를 맞춰 걸었다. 둘은 학교를 빠져나갔다. 길가의 은행나무 그늘이 짙었다. 기다리라고 하던 준희는 한동안 말이 없었다. 노래방에서 함께 보냈던 시간 덕인지 아주 어색하지는 않았다.

"너 민기랑 오디션 본다는 거 어떻게 됐어?"

얼마 뒤에 준희가 물었다.

"내가 민기랑 오디션 본다고? 누가 그래?"

연호는 예상치 못한 질문인데다 내용까지 황당해서 되물었다.

"그런 거 아니었어? 너 메인 보컬하고, 나 랩하고, 걔들은 서브 보컬할 거라고 하던데. 나는 안 한다고 했으니까 그럼 너희 셋이 하는 거 아냐?"

연호는 여전히 정신 못 차리고 있는 민기한테 돈을 빌려주고 전전긍긍하고 있는 게 새삼스레 화가 났다.

"됐다 그래."

'오늘도 안 갚으면 아줌마한테 말해 버릴 거야.'

연호는 속으로 별렀다.

"참, 너도 드림박스 대표라는 사람 알아?"

준희가 문득 생각났다는 듯이 물었다.

"드림박스? 그게 뭔데?"

"민기가 오디션 보자는 기획사 있잖아. 거기 대표 아느냐고."

그걸 물으려고 기다린 모양이다. 민기한테는 거절해 놓고 후회가 됐나 보지. 헛바람 든 민기와는 좀 다른 아인 줄 알았는데……. 마치 기대나 하고 있었던 것처럼 실망스러웠다.

"내가 어떻게 알아."

연호는 준희에게 실망하는 자신이 마음에 들지 않았다.

"민기는 그 대표를 잘 아는 것처럼 말하던데."

준희는 관심이 온통 기획사에 가 있어 연호 기분을 눈치채지 못했다.

"그야 모르지. 정말 잘 아는 건지, 자기 혼자만 아는 건지. 나도 대통령 잘 알거든. 대통령이 날 아는지는 모르겠지만."

갑자기 준희가 쿡쿡 웃었다. 연호가 바라보자 준희는 웃음을 삼켰다.

"야, 착각하지 마라. 니 얘기가 재밌어서가 아니라 썰렁해서 웃은 거니까."

준희를 자세히는 몰라도 왕싸가지인 건 분명히 알겠다. 연호는 준희를 째려보았다.

"민기 자식, 겨우 그 정도 가지고 잘 아는 것처럼 뻥치는 거임?"

준희의 관심은 기획사에서 떠나지 않았다.

"오디션 보고 싶으면 민기한테 직접 이야기해. 나랑은 상관없는 일이니까."

연호는 딱 잘라 말했다.

"누가 오디션 본대냐."

이번엔 준희가 불퉁거렸다.

"그럼 드림박스에는 왜 그렇게 관심이 많은 건데."

연호가 비꼬듯이 말했다.

"그, 그거야. 그냥……. 참, 너 노래 잘하더라. 평소에 자주 부르냐?"

준희가 화제를 돌렸다.

"아니, 안 불러."

"그런데 어떻게 그렇게 잘 불러?"

준희의 칭찬이 싫지 않았다.

"나도 몰라. 그냥 돼. 노력하지 않아도 되는 건 노래뿐인 것 같아."

정말 그랬다.

"좀 띄워 줬더니 잘난 척 쩐다. 너 그런 캐릭터였냐?"

준희가 웃으며 말했다.

"내가 봐도 재수 없네."

연호도 함께 웃었다.

어렸을 적 엄마와 함께 노래 부를 때도 그랬다. 연습을 하는 것도 아닌데 어떤 노래든 한 번만 듣고도 멜로디와 리듬을 익혔다. 야시장 가설무대에서 만난 연예계 쪽 사람한테 음반을 내자는 소리까지 들었다. 그때 음반을 냈더라면 어떻게 됐을까. 혹시 기획사 연습생으로 들어갔을까. 연호도 자기가 걸그룹에 낄 만한 용모가 아닌 건 잘 알았다. 성형 수술을 하기엔 아직 어리니 연습생이 됐다고 해도 가난한 현실이나 불확실한 미래는 마찬가지일 것이다. 음반을 내서 유명한 가수가 되는 게 꿈이지만 얻는 건 늘 빚과 좌절뿐인 엄마를 보면 알 수 있다. 엄마가 아직도 굴복하지 않는 게 놀라울 따름이다.

준희가 학교 근처에 있는 아파트 단지 앞에서 걸음을 멈추었다. 연호도 멈추었다.

"우리 집은 여긴데."

준희가 아파트 단지를 가리켰다. 순간 연호는 준희에게 떠다밀린 기분이 들었다. 곧 비워 줘야 하는 단칸 월세방에 사는 연호에게 아파트에 사는 준희는 먼 세계 아이 같았다.

"잘 가라."

준희는 길지는 않았지만 연호와 함께 나눴던 시간을 아무 미련 없이 잘라내 버렸다.

"그래. 잘 가."

연호도 준희 못지않게 쿨한 말투로 작별 인사를 하곤 먼저 걸음을 옮겼다. 잠시나마 수련회비를 잊고 있었으니 그것으로 족했다.

집 근처에 다다른 연호는 가슴이 덜컥 내려앉았다. 작업

복을 입은 사람들이 측량을 하고 있었고, 구경 나온 동네 사람들도 보였다. 민기 엄마가 옆집 아줌마와 무슨 이야기를 하다가 연호를 보곤 말을 멈추었다. 듣지 않아도 알 수 있다. 자기네 이야기를 하고 있었을 것이다. 금방이라도 방을 얻어 이사할 것처럼 큰소리를 치고 간 엄마는 또다시 소식이 없다.

집보다 연호의 가슴이 먼저 허물어져 내리고 있었다. 수련회비 따위는 아무것도 아니었다. 앞으로 닥칠 일들을 생각하자 무섭고 또 무서웠다.

숨은그림
찾기

연호와 헤어진 준희는 집으로 가는 대신 자전거에 올라타 달리기 시작했다. 갈 데가 없는데도 집으로 가기는 싫었다. 집은 이제 따뜻한 안식처가 아니었다. 그동안 준희에게 집은 가족의 동의어였다. 엄마, 아빠, 형. 그리고 준희 자신. 그 안에서 준희는 밖에서 받은 상처를 치유받고 새 힘을 얻었다. 안정과 행복을 느꼈다. 그런데 완전한 구성을 헤집고 그림자 하나가 끼어들고 있다. 틈을 내준 건 부모님이다.

"엄마, 이모 이제 안 와?"

초등학교에 입학한 무렵 준희가 엄마에게 물었다. 형은 수학여행을 가고, 아빠는 출장을 가서 오래간만에 엄마와 단둘이 있게 되었을 때였다. 준희는 순간 자신의 배를 토닥

이던 엄마의 손길이 흠칫 멈추는 것을 느꼈다.

"이모 보고 싶어?"

엄마가 조심스럽게 물었다.

아니. 준희는 황급하게 말했다. 이모가 자기를 데리러 올까 봐 오히려 겁났다. 이모가 '이제부터 내가 네 엄마야.'라고 할까 봐. 그래서 가족과 헤어지게 될까 봐 무서웠다.

"이모는 외국으로 공부하러 갔어. 나중에 우리 준희 크면 그때 만나러 올 거야."

준희는 엄마 모르게 한숨을 내쉬었다. 그리고 이모가 영영 돌아오지 않았으면 좋겠다고 생각했다. 지금도 그 마음은 달라지지 않았다. 준희는 이모가 자기 삶에 끼어드는 걸 원치 않았다. 그런데 학년 부장에게 불려 갔다 온 아빠가 이모 명함을 내밀었다. 그때까지만 해도 이모의 존재는 숨은그림찾기 속에 숨어 있는 구두나 비둘기, 연필 같은 것들처럼 입체감이 없었다. 애써 찾으려 하지 않으면 보이지 않고, 찾지 못해도 큰 문제가 없는. 하지만 아이들 입에서 주선민이란 이름을 듣는 순간 이모는 숨은그림찾기 속에서 찾아낸 무엇이 되고 말았다. 한번 찾아내면 다시는 위장 그림 속에 묻히기 어려운 것처럼 이모는 더는 막연하고 희미한 존재가 아니었다. 이모는 가까운 곳에서 살아 숨 쉬고 있다.

이모의 존재를 느끼면서 가족에 대한 의심이 피어오르기 시작했다. 아빠가 명함을 줌으로써 너는 우리 아들이 아니라 이모, 주선민의 소관이라고 선언하는 것 같았다. 혹시 내가 귀찮아진 걸까. 이모가 엄마 역할을 할 수 있을 때까지만 키우기로 했던 건 아닐까. 이제 이모에게 돌려보내려는 걸까. 의심은 끝없이 자가 증식하며 준희를 점령해 나갔다.

자라는 동안 말썽 한번 부리지 않고, 큰 뒷바라지 없이 명문대에 들어간 형과 비교하면 자신은 불량품이고 문제아였다. 어릴 때는 싸움도 많이 했고, 소소한 사고도 많이 쳤다. 작년엔 패싸움에 휘말려 경찰서에도 갔고, 상대편 이를 부러뜨려 합의금을 물어 주었다. 지금도 언제든지 또 사고를 칠 수 있는 요주의 인물로 주목받고 있는 중이다. 엄마 아빠는 버젓이 제 엄마가 있는 준희를 두고 속을 썩어야 하는 게 싫을 수도 있다.

아빠가 이모 명함을 갖고 있던 걸 보면 어른들끼리는 연락을 하고 있었던 모양이다. 그러면서 이모는 왜 날 보러 오지 않았을까. 내가 이모 만나는 걸 원치 않는다고 이야기한 걸까. 어쩌면 외국으로 공부하러 간 게 아니라 결혼을 해서 만날 수 없었던 건지도 모른다. 그런데 왜 다시 내 삶에 끼어들려는 거지? 준희는 보이지 않는 곳에서 자신의 삶을 흔들고 있는 이모에게 화가 났다.

민기나 현중의 말이 사실이라면 그 계통에선 꽤 실력자로 통하는 것 같았다. 자신을 버렸다고 해서 생모가 못살기를 바라는 건 아니지만 잘나가는 사람한테 버림받았다는 것도 기분 좋은 일은 아니었다. 이모는 자기 아들 또래의 아이들을 볼 때 무슨 생각을 할까. 또 아이들은 자기네가 우러러보는 사람이 실은 준희를 버렸다는 걸 알면 어떤 얼굴을 할까. 아이들이 그 일을 알기를 바라지는 않았다. 다행히 연호는 이모를 모르고 있다. 연호 말을 들으니 민기나 현중도 자신들이 말하는 것만큼 이모와 잘 아는 사이는 아닌 모양이다.

너무 많은 생각들로 가득 차 있어 머리가 아팠다. 준희는 온몸이 땀으로 젖을 때까지 자전거를 타고 돌아다녔다. 지칠 때쯤 상규로부터 전화가 왔다.

"준희야, 진우 형 어딨는지 알았어!"

그 말만으로도 가슴이 시원해지는 것 같았다. 진우는 안양의 중식당에 있다고 했다.

"거기서 뭐 한대?"

"짜장면 배달한대. 아마 식당에서 먹고 자고 하나 봐. 경호랑 성진이랑 토요일에 갈 건데 같이 갈래?"

지금 당장 보고 싶었다. 준희는 집 근처 보관대에 자전거를 묶어 놓고 상규가 알려 준 식당을 찾아 나섰다. 지하철을 타고 가는 내내 준희는 진우가 좋아하는 음악을 들었다.

1년 선배인 진우를 처음 만난 것도 지하철 안이었다. 준희 혼자 힙합 콘서트에 다녀오던 길이었다. 힙합에 관심을 갖기 시작한 준희에게 찬희 형이 콘서트 표를 구해 주었다. 아직도 콘서트 열기에 취해 있는 준희에게 그곳에서 나눠 준 수건을 목에 건 진우가 먼저 말을 걸어왔다. 진우는 학교에서 준희를 본 적이 있다고 했다. 교실이 같은 층에 있었다. 그게 아니더라도 얼굴의 점이 기억하게 해 주었을 것이다.

진우는 브레이크 댄스만 잘 추는 게 아니라 랩도 좋아했다. 진정한 힙합 뮤지션은 자기 생각이 담긴 노래를 부르는 거라며 준희에게 랩 가사를 쓰도록 자극한 것도 진우였다. 진우는 동아리 공연 때 준희를 객원 래퍼로 부르고 싶어 했다. 평소 점 때문에 주목받는 것만으로도 힘든 준희는 공연 무대 같은 곳엔 절대로 서고 싶지 않았다. 준희는 그 마음을 이해해 주는 진우를 찬희 형 만큼이나 좋아했다.

형을 만나면 무슨 말부터 할까. 날 반겨 줄까. 내가 그랬던 것처럼 형도 날 모르는 척하면 어쩌지. 가방 속에 랩 가사 노트가 있는 게 다행이었다. 노트 가득한 랩 가사가 진우와의 사이에 생긴 거리를 좁혀 줄 것 같았다. 준희는 걱정을 잊기 위해 예전처럼 진우와 함께 자신이 쓴 가사의 라임을 다듬고, 플로우를 연습하는 모습을 떠올렸다. 생각만 해도 가슴속이 뜨거워지는 느낌이었다.

안양은 인천과 크게 다르지 않았다. 사람 사는 곳은 어디나 비슷한 모양이다. 준희는 진우가 있다는 중국집을 찾아갔다. 식당은 연립 주택이 많은 동네에 있었다. 식당이 보이자 가슴이 두근거렸지만 곧바로 찾아갈 용기가 나지 않았다. 준희는 식당이 보이는 놀이터 의자에 앉았다. 꼬맹이들이 뛰어노는 놀이터에 혼자 앉아 있는 게 멋쩍었지만 달리 있을 곳이 없었다.

식당 문이 열릴 때마다 긴장했지만 진우는 보이지 않았다. 얼마 뒤 오토바이가 식당 앞에 멈춰 서고 진우가 내렸다. 준희는 자기도 모르게 벌떡 일어섰다. 가장 먼저 진우의 다리로 눈이 갔다. 식당 안으로 들어가는 진우의 발은 별 이상이 없어 보였다. 식당으로 갈까 말까 망설이고 있는 사이 진우는 다시 배달통을 들고나와 오토바이에 올라탔다. 준희는 도로 의자에 앉았다. 진우가 그대로 사라져 버릴 것 같아 불안했지만 잠시 뒤 다시 돌아왔다. 쉴 새 없이 배달통을 바꿔 들고 왔다 갔다 하는 진우는 그새 다른 세상 사람이 된 것 같았다. 진우는 학교나 책가방 따위를 우스워하던 사람이었다. 그런데 철가방을 들고 착실하게 배달 다니는 모습이 낯설고 씁쓸했다.

준희는 꼬르륵거리는 소리를 듣고서야 배가 고프다는 걸 깨달았다. 그 사이 놀이터는 비어 갔고, 가로등들은 불을 밝혔다. 중국집 유리창에 쓰인 폐점 시간은 8시 30분이었다.

준희는 시간을 보려고 휴대폰의 전원을 켰다. 부재중 전화가 일곱 통이나 와 있었다. 엄마, 아빠, 찬희 형의 번호가 차례대로 찍혀 있었다. 메시지도 몇 통이나 됐다. 식구들이 자기 때문에 안절부절못하고 있을 걸 떠올리니 미안하기보다는 은근히 기분이 좋아졌다. 하지만 곧 그렇게라도 가족의 사랑을 확인하려 드는 스스로에게 연민이 일었고, 이러다 정말 가족으로부터 떨려 나는 건 아닐까 불안해졌다.

식당은 10시가 다 돼서 문을 닫았다. 진우가 식당 주인으로 보이는 아저씨와 아주머니를 배웅하곤 도로 안으로 들어갔다. 상규 말대로 식당에서 자는 모양이었다. 식당 불이 꺼지는 걸 보고서도 준희는 선뜻 일어설 수가 없었다. 단둘이 만날 기회였지만 진우 앞에 나서기가 망설여졌다. 학교를 그만두고 중국집에서 먹고 자며 배달 일을 하는 진우한테 교복 차림으로 나타나 할 수 있는 말이 무엇인지 막막했다. 이제 와서 그때 일을 사과하는 것조차 미안했다.

조금 더 솔직하게 말하면 진우는 이미 다른 세계에 속한 사람 같아 다가서기가 어색했다. 진우가 학교에 다닐 때는 머리에 노란 물을 들여도, 귀고리를 몇 개씩 해도 이런 거리감이 느껴지지 않았다. 준희는 토요일에 다른 아이들과 함께 올걸, 하고 후회했다. 아이들 틈에 섞여서 아이들이 하는 말로 자신의 마음을 대신하며, 진우의 이야기를 듣는 게 나을 뻔했다.

준희는 옷을 갈아입은 진우가 오토바이를 타고 어디론가 사라지는 것을 본 다음에야 놀이터를 나섰다. 집에 가려고 지하철역으로 걸어가는데 다리가 휘청거렸다. 다리만큼 마음도 휘청거렸다. 진우는 오토바이를 타고 어디로 간 걸까. 형은 현재의 삶에 만족하고 있는 걸까. 나만 혼자 이렇게 거리에 나와 있는 걸까. 나는 형에게 무엇을 바랐던 걸까. 답을 알 수 없는 질문이 이어졌다. 나는 왜 여기까지 와서 형을 만나지 않았을까. 마지막 질문에 대한 답만은 알 수 있었다. 이대로 진우의 세계로 넘어가게 될까 봐 겁났던 거다. 진우 오토바이 뒤에 탄 채 돌아올 수 없는 곳으로 가 버리게 될까 봐 무서웠던 거다.

그때 전화가 왔다. 엄마나 아빠, 아니면 형이겠지 하며 화면을 보니 처음 보는 번호였다. 그 순간 그 번호가 준희 가슴

속에 툭 떨어졌다. 이모였다. 얼핏 보았다고 생각한 명함 속 전화번호가 뚜렷하게 각인돼 있었다.

준희가 망설이는 사이 전화가 끊겼다. 안도감과 아쉬움이 뒤섞여 마음을 휘저었다. 잠시 뒤 다시 진동이 울렸다. 손아귀에 느껴지는 진동이 이모의 목소리처럼 들렸다. 떨리는 손으로 통화 버튼을 누른 준희는 전화기를 귀에 갖다 대었다. 순식간에 입안이 바짝 말랐고, 무언가 성대를 가로막은 듯 말이 나오지 않았다.

"여보세요? 준희니?"

다급한 목소리가 흘러나왔다. 처음 듣는 듯 낯설었다. 그제야 준희는 어릴 적에 들었던 이모 목소리를 기억 속에 담고 살았음을 깨달았다. 전화 속 목소리는 기억 속 목소리보다 굵고 낮았다.

"……준희지?"

이모는 첫마디와 달리 조심스러워졌다.

"네."

"나 이몬데…… 기억…… 나?"

뭐라고 대답해야 하나. 기억난다고 하면 생각하고 있었다고 여길까 봐 싫었고, 기억 안 난다고 하는 건 거짓말이라 싫었다.

"나는 그냥, 네가 연락도 없이 집에 안 온다고, 어머님한테서 혹시 나를 찾아오지는 않았는지 하는 전화가 와서……."

준희는 자기가 이모에게 갔을 거라고 쉽게 생각한 엄마 아빠에게 배신감을 느꼈다. 내가 입양아란 사실을 알고 있으니 생모를 만나는 것도 상처가 되지 않을 거라고 생각하는 건가. 엄마 아빠는 정말 내가 이모를 만나도 아무렇지도 않은 건가, 혹시 나를 이모에게 보내는 수순인 건가. 그동안 자신을 괴롭혔던 문제들이 회오리바람처럼 소용돌이치며 몰려왔다.

"지금 어디 있어? 내가 갈까?"

회오리바람 자체인 이모가 준희를 휩싸 안고 어디론가 가버릴 것 같았다.

"아, 아니에요. 지금 집에 가고 있어요."

준희는 황급히 말했다.

"그래? 그럼 얼른 들어가 봐. 앞으로는 걱정하시지 않게 미리미리 연락드리고. 그럼 나중에 보자."

준희가 만나자고 할까 봐 오히려 겁나 하는 것 같은 이모 목소리에 바람이 수그러들었다. 엄마나 아빠 부탁에 마지못해 전화하는 이모 모습이 떠올랐다.

"안녕히 계세요."

준희는 전화를 끊곤 길가 화단 경계석에 털썩 주저앉았다.

자전거가 있는 풍경

"뭐? 정말이야? 사람을 그렇게 쫓아내는 게 어디 있어!"

연호네가 일주일 뒤에 이사 가기로 했다는 엄마 말에 민기가 소리쳤다. 민기네 집에서 마을버스로 세 정류장쯤 떨어진 곳에 있는 지하 방이라고 했다. 민기는 연호네가 이사해야 한다는 걸 알고 있었지만 막연히 먼 훗날일 거라고 생각했다. 그리고 그때는 당연히 지금보다 더 나은 곳으로 갈 거라고 여겼는데 지하 방이라니. 그동안 연호네가 이사 갈 집을 보러 다니느라 입술까지 부르튼 엄마가 눈을 치켜떴다.

"뭐? 쫓아낸다고? 이놈의 자식이! 그러잖아도 속이 터져 죽겠는데 뭘 안다고 떠들어?"

엄마의 푸념이 이어졌다. 돈에 맞춰 겨우 방을 얻었지만 연호네를 그곳으로 보낼 생각을 하니 속이 상해 죽겠다고 했다. 그런 마음도 몰라주고 함께 계약하러 간 연호는 계속 뚱한 얼굴이었다.

"그게 내 탓이야? 이사 가야 하는 걸 몰랐던 것도 아니고. 그래서 그동안 보증금도, 월세도 싸게 해 줬던 거 아냐. 작년에 연호 엄마가 전세를 월세로 돌려 달랄 때 내보냈어야 했는데. 그 돈도 쟁여 둔 거 준 줄 아나. 돈이 모자라서 빌려서까지 줬다고."

민기는 엄마랑 아빠가, 집이 언제 헐릴지 모르니 연호네가 그때까지 사는 게 서로 좋은 일이라며 전세를 월세로 바꿔 준 게 기억났지만 끼어들 틈이 없었다.

"금방 방 구할 거라고 큰소리치더니. 그 말을 믿은 게 잘못이지. 엄마가 있으면 뭐 해. 정부 혜택도 제대로 못 찾아먹는걸. 내가 주민 센터까지 찾아가서 사정을 말해 주지 않았으면 어쩔 뻔했어? 꼼짝없이 굶을 판이라니까."

엄마는 그러고도 민기에게 매정한 사람 취급을 당하는 게 억울하다는 표정이었다.

"연호 엄마도 없는데 이사를 어떻게 해. 걔네 엄마 올 때까지만 우리랑 같이 살면 안 돼?"

민기가 말했다.

"우리 집 어디서 같이 살아? 그리고 그 바람 같은 여편네가 언제 올 줄 알고!"

엄마 목소리가 쨍하고 올라갔다.

"내가 거실에서 잘게. 내 방 쓰라고 그래."

민기 목소리도 함께 올라갔다.

"아유, 짜증 나. 공부를 하라는 거야, 말라는 거야!"

집에서 시험공부를 하던 민주가 방문을 열어젖히며 소리쳤다.

"누나는, 인간이 왜 저렇게 싸가지가 없냐. 너는 공부만 잘하면 되는 줄 알아!"

"뭐, 너어? 이게 어디서!"

민주가 쿠션을 집어던졌다. 민기는 시험 때만 되면 세상에 저 혼자 시험 보는 것처럼 난리를 피우는 누나보다 그걸 참고 받아 주는 엄마 아빠가 더 못마땅했다. 누나는 요즘 들어 정도가 더 심해졌다. 며칠 전에는 한밤중에 난데없이 길고양이를 주워 왔다. 엄마 아빠는 고양이 울음소리 때문에 밤잠을 설치면서도 누나의 심기를 건드릴까 봐 아무 말도 하지 못했다. 민기는 '공부에 미친 누나가 드디어 이상해지는구나.'라고 생각하며 베개로 귀를 막았다. 다음 날 고양이가 도망쳤기에 망정이지 계속 있었으면 민기까지 이상해질 뻔했다.

"그렇게 연호네 걱정하는 놈이 연호한테 돈을 빌려? 벼룩의 간을 내먹지."

엄마가 한심하다는 눈길로 민기를 바라보았다.

민기는 그동안 돈 갚으라고 채근하는 연호를 치사한 아이 취급했다. 연호와 실랑이 벌이는 장면을 엄마에게 들킨 게 차라리 다행이었다. 그렇지 않았으면 지금까지도 그 돈을 갚지 못했을 테니까. 사실 엄마도 연호네 형편이 이렇게 안 좋은 줄은 몰랐다고 했다.

"아무리 할머니가 부업을 못 해도 저축해 놓은 돈도 있을 테고, 지 엄마가 있으니 생활비는 보내오겠지 했어. 그런데 월세도 근근이 냈다는 걸 요새 방 구하러 다니면서 알았다니까. 노인네나 애나 웬 놈의 자존심이 그렇게 강한지……."

연호는 방을 정하고, 계약하고, 이삿날 잡는 것까지 모든 걸 엄마가 하자는 대로 했다고 한다. 연호는 엄마가 가끔 너무 애어른 같아서 징그럽다고 할 정도로 철든 아이였다. 그런 애가 엄마에게 고마워하는 기색조차 없었다.

"저 살 집 구하는 건데 이래도 네, 저래도 네, 무슨 허깨비랑 다니는 것 같더라니까."

엄마가 간식거리를 내놓으며 말했다.

"애가 감당할 만한 일이 아니니까 본능적으로 현실을 회피하는 거지. 잘해 줘."

간식을 먹으러 나온 누나가 모처럼 옳은 소리를 했다.

이삿날이 잡히고 나서부터 연호는 민기에게도 말을 하지 않았다. 원래도 상냥하거나 다른 여자애들처럼 재잘거리는 타입은 아니지만 사납거나 무서운 아이도 아니었다. 적어도 민기에게는 그랬다. 표현 방식이 무뚝뚝하긴 했어도 자신을 걱정하는 마음에는 진심이 담겨 있었다. 민기가 진짜 속마음을 털어놓는 아이는 현중이 아니라 연호였다. 늘 그 자리에 있을 것 같던 아이가 이사를 간다고 생각하니 서운하고 허전했다.

학교에 가기 위해 집을 나온 민기는 연호가 아직 집에 있는 것을 보곤 대문 앞에서 기다렸다. 얼마 안 가 학교 가는 길이 갈라지지만 잠깐이라도 이야기를 하고 싶었다. 대문을 나선 연호는 민기를 보고서도 아무 말 하지 않았다.

"너는 이사 가는 게 좋은가 보다. 하긴, 밤에 문 안 열어 줘도 되고 좋겠네."

민기가 너스레를 떨었지만 굳게 닫힌 연호의 입은 열리지 않았다. 이사 가고 나면 길에서 봐도 모르는 척할 것 같았다.

"조연호, 이사 가도 니네 학교 가려면 어차피 우리 집 앞으로 지나가야 하니까 만나서 같이 가자."

민기는 만만한 비밀 창고 같던 연호가 자꾸 낯선 사람처럼 굴자 조바심이 났다. 갈림길에서 연호는 잘 갔다 오라는 민기 말에 대꾸도 없이 가 버렸다.

이삿날이 사흘 뒤로 다가왔다.

"짐이 많지 않아서 1톤 트럭 한 대면 되겠대. 다행이지 뭐야. 더 큰 차면 들어가지도 못하는데. 기사하고 당신하고 민기가 도우면 일꾼 더 부르지 않아도 될 거야. 한 푼이라도 아껴야지. 전생에 연호네한테 무슨 빚을 졌나."

전생까지 들먹이며 푸념을 하면서도 민기 엄마는 연호네 이사를 챙겼다.

"그렇게 하지 뭐. 그나저나 이사하기 전에 연호 엄마한테서 연락이 오면 좋을 텐데. 애가 혼자 얼마나 힘들겠어."

아빠가 혀를 찼다.

민기는 비로소 연호네 형편이 실감 났다. 화통한 데다 잔소리를 하지 않는다고 부러워하던 연호 엄마는 정작 자식이 필요로 할 때는 나타나지 않았고, 할머니도 이 상황에선 연호의 보호자가 되지 못했다. 오히려 연호가 앞이 안 보이는 할머니를 돌봐 줘야 하는 입장이었다. 그러니 엄마가 이사를 도와준다고 해도 앞날이 두렵고 외로울 것이다. 민기는 입을 다문 연호의 기분을 알 것 같았다. 그동안 아무 생각 없이 싱겁게 군 게 미안하기까지 했다.

아빠는 이삿날 비상이 걸려서 사무실에 나가야 했다.

"어떻게 하나? 일꾼을 한 명 더 불러야 하나. 그럼 못 줘도 10만 원은 더 나가는데."

엄마가 걱정했다.

"엄마, 내가 현중이 부를게."

민기는 준희도 생각났지만 현중에게만 연락했다. 같은 반인 준희가 오는 걸 연호가 좋아할 리 없다.

"뭐야, 노는 날 늦잠도 못 자고."

현중은 투덜거리면서도 일찌감치 왔다. 부엌으로 들어서는 현중을 보고 연호 얼굴이 더욱 굳어졌다. 현중은 앞이 제대로 보이지 않는 할머니와 집 안을 본 뒤로 눈에 띄게 말과 행동을 조심했다. 자식, 알 건 다 안단 말이야. 민기는 마음이 놓였다. 아빠 택배 회사 일을 도운 경험이 있어서인지 기사 아저씨 말귀를 척척 알아들었다. 현중은 일머리를 안다고 아저씨한테 칭찬까지 들었지만 민기는 벌써 힘들었다. 연호네 일만 아니라면 도망치고 싶었다.

"넌 공부 빼곤 못하는 게 없구나."

민기는 책상을 들고 앞장 선 현중을 추켜세웠다. 현중이

가 열심히 하는 만큼 내가 편해지는 거니 칭찬을 아끼지 말자. 민기는 슬며시 미소 지었다.

“수작 부리지 말고 힘줘서 들어. 어? 재 준희 아니냐?”

먼저 대문을 나서던 현중이 말했다. 뜻밖에 준희가 자전거를 타고 지나가고 있었다.

“야, 이준희!”

민기는 들고 있던 책상을 얼른 놓고 소리쳐 불렀다. 준희가 돌아다보더니 자전거를 멈추었다. 민기는 반색을 하며 부리나케 쫓아갔다.

“너, 여기 웬일이야?”

“뭐, 그, 그냥……. 이사 가냐?”

준희는 당황한 기색이었다.

“우리 말고 연호네. 잘됐다. 부를까 말까 고민했는데 텔레파시가 통했나 보다. 안 바쁘면 좀 도와주라. 너는 그냥 밖에서 우리가 꺼내 온 짐을 트럭에 올리는 것만 해 주면 돼.”

방에서 짐을 싸고 있는 연호가 알면 뭐라고 할지 걱정이지만 준희는 제 발로 나타난 거다. 기사 아저씨가 일꾼을 더 부르지 않았다고 툴툴거리는 상황이라 더없이 반가웠다.

준희는 떨떠름한 표정으로 자전거에서 내렸다.

“이왕 하는 거 기분 좋은 얼굴로 해라. 우리 엄마가 이따

가 탕수육 시켜 준대."

민기가 준희 어깨를 툭 쳤다.

"오래간만이다."

책상에 걸터앉아 있던 현중이 아는 체를 했다. 음료수를 가지고 나오던 엄마가 준희를 보더니 깜짝 놀라 말했다.

"어머, 이게 누구야? 너, 그, 그……."

"엄마도 얘 알지? 전에 가게 옆에 살던 준희잖아."

민기는 엄마가 말을 더듬는 이유를 알 것 같아 얼른 끼어들었다. 엄마가 삼킨 말은 점박이거나 데려온 아이일 것이다.

"그래, 준희! 니가 어쩐 일이야? 이 근처 사니?"

엄마가 다행이다 싶은 얼굴로 물었다.

"아뇨. 볼일이 있어서……."

준희는 꾸벅 인사를 했다.

"아유, 많이 컸네. 부모님도 안녕하시고? 참, 느이 형은 대학교 들어갔지? 우리 민주보다 한두 살인가 많았는데."

"네."

"이사 도와준대. 준희 것도 있지?"

민기는 끝없이 이어지려는 엄마의 호기심을 막았다.

준희는 사이다를 마시며 주변을 두리번거렸다. 연호를 찾는 모양이었다.

"연호는 안에서 짐 싸고 있어. 너는 여기서 우리가 나른 짐을 트럭에 싣는 거나 도와줘."

음료수를 마시고 현중과 준희가 기사를 도와 책상을 트럭에 싣는 동안 민기는 연호네 집 안으로 들어갔다. 연호는 깨질 위험이 있는 그릇들을 신문지에 싸고 있었다. 그 애의 손놀림은 마지못한 듯 느리고 힘이 없었다. 짐들이 빠져나간 집 내부는 지금까지 이런 곳에서 사람이 살았다는 게 놀라울 만큼 을씨년스럽고 초라해 보였다.

"아직 멀었냐?"

민기 말에 연호가 남은 것을 고갯짓으로 가리켰다.

"애기들이 고생해서 워짤까잉."

집처럼 늙고 초라한 연호 할머니가 말했다.

"괜찮아요. 짐도 안 많은데요, 뭐."

사실 민기는 요사이 거의 방에만 있는 연호 할머니를 자세히 본 적이 없었다. 깔끔하고 단정한 모습만 기억하고 있던 민기는 연호네 속사정을 안 것만큼이나 오래간만에 본 할머니의 모습이 충격적이었다. 할머니는 민기 기억 속에 있는 모습보다 훨씬 더 늙고 추레했다. 할머니를 보자 연호네 형편이 피부에 더 와닿았다.

내색을 안 하는데 내가 어떻게 알아. 민기는 한집에 살면서도 아무것도 몰랐던 게 자신의 무심함 때문이 아니라 연호의 내숭 탓이라고 믿고 싶었다. 민기는 연호의 눈치를 보다 부러 장난스레 말했다.

"조연호, 밖에 준희 왔던데 니가 불렀냐?"

그릇을 싸던 연호의 손이 멈칫 섰다. 연호는 온갖 감정이 뒤섞인 눈빛으로 민기를 쏘아보았다. 민기는 서둘러 손사래를 치며 항변했다.

"내가 안 불렀어. 니가 싫어할 것 같아서 부르려다 말았단 말이야. 그런데 조금 전에 집 앞으로 자전거 타고 지나가는 거 있지. 나는 보지도 못했는데 현중이가 먼저 알아보고 부른 거야."

연호는 말없이 다시 그릇을 싸기 시작했다. 민기는 연호가 저러다 영영 말을 못 하게 되는 건 아닌지 걱정스러웠다.

"그릇 빨리 싸. 이제 짐 거의 다 실었어."

민기는 박스 하나를 집어 들고 밖으로 나왔다. 엄마가 빈 박스를 들고 민기와 엇갈려 들어갔다.

"아직 많이 남았냐?"

현중이 물었다.

"이제 부엌 짐 조금만 나오면 돼."

"우리가 짐도 내려 줘야 하냐?"

현중이 또 물었다.

"당연하지. 그럼 누가 내리냐?"

"여기서 멀어?"

준희는 초조해 보였다.

"아니, 멀진 않은데. 왜, 바빠?"

"그런 건 아니지만……."

"그럼 좀 도와주라. 이사 가는 집은 지하라서 더 힘들단 말이야."

민기는 자기가 어떤 현장을 진두지휘하는 감독관이라도 된 것 같았다.

그때 현중의 휴대폰이 울렸다. 전화기를 꺼내 본 현중이 긴장한 얼굴로 말했다.

"드, 드림박스야!"

"뭐? 빨리 받아 봐."

민기가 흥분해서 달려들었다.

현중은 자꾸만 들이미는 민기의 머리를 밀어내며 전화를 받았다.

"네, 네. 그렇게 전할게요. 안녕히 계세요."

"뭐래? 왜 너한테 전화한 거야? 녹음 들었대?"

흥분해서 묻던 민기는 아차 싶어 준희의 눈치를 보았다.

준희는 잔뜩 굳은 얼굴이었다.

"니가 안 받아서 나한테 한 거야. 직접 들어 보자는데."

"정말? 우리 다 오래?"

민기가 반색을 했다.

"아니, 연호만."

현중이 말했다.

"뭐? 연호만이라고 딱 꼬집어서 말해?"

"여자애만 한번 보고 싶대. 거기서 여자가 연호밖에 더 있냐?"

현중의 말에 실망하면서도 민기는 준희 눈치를 보았다. 정황을 알아차리고 화가 난 것 같아 얼른 선수를 쳤다.

"아, 그래. 그때 노래방에서 노래 부른 거 녹음해서 드림박스에 보냈어. 미안해, 허락도 안 받고 보내서. 너 보자는 거 아니니까 상관없잖아."

민기는 준희보다 결코 만만치 않은 연호에게 그 사실을 어떻게 말해야 하나 걱정이 앞섰다. 좋은 일해 놓고 고맙다는 소리도 못 들을 걸 생각하니 울컥했다. 절실한 자신들이 아니라 바라지도 않는 아이한테 기회가 온 것도 억울했다.

"내, 내가 랩한 것도 같이 보냈어?"

준희는 화가 많이 났는지 말을 더듬기까지 했다.

"야, 지금 이 판국에 그거 따지고 있냐? 그럼 뭐, 니 거만 오려 내고 보내? 이게 뭐야. 남 좋은 일만 시킨 거 아냐."

현중이 준희에게 퉁명을 떨었다.

"이제 거의 다 돼 간다. 짐 다 나르고 탕수육 시켜 줄 테니까 얼른들 해."

소쿠리 같은 큰 그릇들을 들고 나오던 민기 엄마가 소리쳤다. 민기는 얼른 마음을 수습하고 현장 감독의 위치로 돌아갔다.

"일단 이사부터 해 놓고 얘기하자. 그리고 너희들, 연호한테 아무 말도 하지 마. 걔 지금 기분 꽝이거든 이 얘기했다간 폭발할지 모르니까 입 다물고 있어."

민기가 단단히 주의를 주었다.

"이건 아니라고 본다. 연호는 애가 왜 저 모양이냐? 얼굴이 안 착하면 성격이라도 좋아야지. 연호 얼굴 보면 내가 뭐 잘못해서 벌로 이삿짐 나르는 기분이 든다니까."

현중은 연호네 창문을 힐끗힐끗 봐 가며 작은 소리로 투덜거렸다.

"설설 기는 거 보니까 잘못해서 벌 받는 거 맞는데. 자, 시작하자."

민기가 웃으며 현중이 어깨를 두드리는데 준희가 트럭 쪽으로 걸어갔다. 맥이 쭉 빠진 모양새였다.

"잰 또 왜 저래. 오디션 안 본다고 난리더니 막상 까였다니까 서운한가 보네. 하여간 재들 정신세계는 이해할 수가 없어요."

현중이 준희 뒷모습을 보며 고개를 절레절레 저었다.

재들? 민기는 그 말이, 연호가 자기보다 준희와 더 가까워 보인다는 의미로 들렸다. 결코 인정하고 싶지 않았다.

"뭐가 재들이야? 둘이 완전 다른데!"

"뭐래. 아오, 이게 뭐 하는 건지. 우리 아빠 일 도왔으면 칭찬 듣고 용돈이라도 받지. 나도 너무 맘이 좋아서 탈이야. 그나저나 이제 조연호가 실세니까 잘 보여야겠지?"

현중이 말하다 민기를 툭 쳤다. 연호가 할머니를 부축해서 나오고 있었다. 트럭에 기대 서 있던 준희는 몸을 떼 내며 바로 섰다. 햇빛 아래에 선 연호는 아무도, 아무 곳도 보고 있지 않았다. 민기도 연호와 할머니를 똑바로 바라볼 수가 없었다. 한 트럭도 채 안 되는 살림살이 또한 마찬가지였다. 민기는 눈먼 할머니와 초라한 살림살이를 이끌고 연호가 걸어가야 할 세상이 더없이 막막하게 여겨졌다.

"누가 같이 타고 갈 거요?"

기사 아저씨가 옷을 털며 물었다.

"할머니랑 엄마가 타. 우리는 걸어갈 테니까."

민기가 말했다.

"얼마 안 머니까 그렇게 해. 준희야, 너는 연호 태우고 먼저 와라. 주인이 있어야 짐을 풀지."

민기 엄마 말에 연호는 물론 준희도 당황한 얼굴을 했다. 민기는 연호와 준희가 더 가까워질까 봐 걱정됐다. 네 사람 중 실력자는 연호와 준희였다. 둘이 친해져서 연호가 드림박스에 준희를 추천이라도 하면 자신과 현중은 닭 쫓던 개 지붕 쳐다보는 꼴이 되고 만다. 민기는 조바심이 났지만 뭘 어떻게 해야 할지 알 수 없었다.

트럭이 출발하고 넷만 남았다.

"이준희, 연호 태우고 빨리 먼저 가라."

현중이 눈치 없이 준희에게 말했다. 민기는 연호와 준희가 처음 만난 사이인 듯 어색하게 서 있는 걸 훔쳐보았다.

"뭐 해. 빨리 안 가고."

현중의 채근에 준희가 담장에 기대 놓았던 자전거를 일으켜 세웠다.

햇빛을 삼킨 방

"타."

준희가 말했다. 연호는 몸이 움직여지지 않았다. 얼마 전부터 그랬다. 마음이나 몸이 자기 의지로 움직이는 건 줄 알았는데 아니었다. 엄마 대신 모든 일을 신경 써 준 민기 엄마와 이삿짐을 나르러 와 준 아이들에게 고마움을 표해야 하는데 말이 나오지 않았다.

"야, 얼른 타."

자전거에 올라탄 준희가 재촉했다. 연호는 주춤주춤 다가가 뒷자리에 걸터앉았다.

"간다."

말이 끝나기가 무섭게 자전거가 덜컹하고 움직였다. 연호는 자기도 모르게 준희 옷자락을 움켜잡았다. 이웃집 아주머니가 혀를 찼다. 무관심보다 동정이 더 견디기 힘들었다.

"농땡이 피지 말고 먼저 짐 나르고 있어라."

민기가 큰 소리로 말했다.

준희는 트럭이 사라진 방향으로 자전거 핸들을 꺾었다. 좁고 꼬불꼬불한 도로 몇 개를 지나면 이사 갈 집이다. 준희에게 지하 방을 보여 줄 생각을 하자 연호는 다른 데로 도망치고 싶었다. 하지만 자전거는 곧 트럭 옆에 멈춰 섰다.

할머니는 민기 엄마와 함께 집으로 들어가고 없었다. 연호는 곰팡내와 하수구 냄새가 괴어 있는 지하 방으로 내려갔다. 도배풀 냄새까지 섞여 답답한 집 안으로 들어가자 방 한구석에 앉아 있는 할머니가 눈에 들어왔다. 잔뜩 웅크리고 있는 모습이 던져 놓은 짐 보따리 같았다. 연호가 풀어야 할 짐 중 하나였다.

"연호야. 책상이랑 옷장이랑 어디다 놓을까? 책상은 여기, 옷장은 저쪽에다 놓는 게 어때?"

민기 엄마가 손가락으로 위치를 가리키며 물었다. 연호는 고개를 끄덕였다. 아무 데나 놓아도 상관없었다.

"우리 애기 왔는가?"

엄마 찾는 아이 같은 할머니 목소리가 빨판처럼 연호의

귀에 달라붙었다. 민기네 집은 오래 살아 익숙한 곳이라 눈이 잘 보이지 않아도 그럭저럭 지낼 수 있었다. 하지만 이사 온 집은 모든 게 낯설어 일일이 연호에게 의지해야 했다. '차라리 할머니가 없었으면' 하고 생각하다 연호는 흠칫 놀랐다. 할머니만 없다면 어디로든 떠날 수 있다. 그 '어디'는 어디라도 여기보단 나을 것이다. 연호는 할머니 말에 아무 대꾸도 하지 않았다.

곧 궁상이 땟물처럼 줄줄 흐르는 살림살이들이 들어와 놓이기 시작했다. 짐을 들고 내려와 집 내부를 본 현중은 더는 농담을 하지 않았다. 민기는 투덜거리지 않았고, 준희는 연호를 없는 사람 취급하며 눈길을 피했다. 연호는 자신도 살림살이 중 하나가 돼 아무것도 몰랐으면 좋겠다고 생각했다. 이 모든 걸 보지 않아도 되는 할머니가 차라리 부러웠다.

"이제 웬만큼 정리가 끝났으니 자질구레한 건 니가 천천히 해."

탕수육과 짜장면을 시켜 먹은 뒤 민기 엄마와 아이들이 돌아갔다. 연호는 억지로 집 밖까지 나가 그들을 배웅했다. 자전거를 끌고 아이들과 함께 걸어가던 준희가 뒤를 돌아다보았다. 역광 때문에 준희의 표정은 어두워 보였다. 연호는 햇살을 핑계 삼아 마음껏 얼굴을 찌푸렸다.

연호는 혼자 남겨진 기분으로 집에 들어갔다. 밖은 아직 환한데 집 안은 전등을 밝혀야 하는 밤이었다. 앞으로도 방은 언제나 밤일 것이다. 이사한 집 역시 방 한 칸에 부엌이 붙어 있었다. 부엌 한구석에 빨래나 샤워를 할 수 있는 간이 욕실이 있었지만 화장실은 지상에 있다.

주인은 화장실이 딸려 있지 않아 방세가 싼 거라고 했다.

"살기 웬만한 데는 돈이 턱없이 부족하고, 돈이 되는 데는 살기가 불편하니 어쩐다니."

민기 엄마가 한숨을 내쉬었다.

연호네 형편으론 도저히 지상에 있는 방을 구할 수가 없었다. 연호는 민기 엄마한테 더 신세 지기 미안해 이 집으로 결정했다. 민기 엄마가 얼굴을 활짝 폈다.

"그래, 고생스러워도 조금만 참고 있어 봐. 니 엄마가 무슨 대책을 세우겠지."

하지만 민기 엄마도 그 말을 믿지 않았을 것이다.

부엌에 우두커니 서 있던 연호는 바닥에 털썩 주저앉아 울음을 터뜨렸다. 처음엔 할머니가 눈치채지 못하게 숨죽여 울었으나 마음대로 되지 않았다. 누르고 눌러두었던 울음이 밖으로 새어 나왔다. 연호를 도우려다 사고만 치게 되자 의

기소침해져 방 한구석에 웅크리고 앉아 있던 할머니가 더듬거리며 기어 나왔다.

"우리 애기, 으째 쓸까나. 울거라이. 울어야 풀리겄으면 울어야제."

할머니가 연호의 등을 어루만졌다.

"할머니, 나 엄마 싫어. 엄마도 아냐. 죽이고 싶어. 다시는 안 볼 거야."

연호는 다리를 내뻗고 울었다.

"아가 그라지 말어. 그런 독한 맴 품으면 그 맴이 먼저 상하는 벱이여. 느그 엄니도 무신 사정이 있겄제."

할머니의 말은 아무런 위안도 되지 못했다. 연호는 진이 빠질 때까지 울었다.

밥알에 날카로운 가시라도 달린 듯 넘어가지 않는 저녁을 먹고 연호와 할머니는 새집에서 첫 밤을 맞이했다. 연호는 할머니의 이부자리를 봐주고 그 옆에 자기 자리를 펴고 누웠다. 골목을 지나가는 사람들의 발소리가 이마를 밟고 지나가는 것 같았다. 마치 무덤 속에 있는 기분이었다. 무서운 생각이 들어 할머니에게 다가가던 연호는 멈칫했다. 뼈대가 만져지는 할머니의 몸이 해골인 양 섬뜩했다.

"아가, 느그 에미 너무 미워하덜 말어."

할머니 목소리를 듣고서야 겨우 숨이 쉬어졌다.

"할머니는 엄마밖에 몰라. 그렇게 속 썩이는데 밉지도 않아?"

연호가 가시 돋친 말투로 대꾸했다.

"느그 에미 역성드는 게 아녀야. 사람을 미워하면 미워하는 사램이 더 상하는 벱이라 그라는 것이제. 그라고 따지고 보믄 느그 에미맹키로 불쌍한 인생두 없어야."

"자기 하고 싶은 대로 다 하고 사는데 불쌍하긴 뭐가 불쌍해? 정말 불쌍한 건 할머니랑 나야."

연호는 솔직히 엄마를 그렇게 키워 놓은 할머니보다 자신이 더 불쌍했다.

"그렇들 않어야. 느그 에미가 부모를 잃은 게 몇 살인 줄 아냐? 제우 여섯 살 때였어야."

여섯 살 때 연호는 엄마와 노래를 불렀다. 연호는 부모를 잃은 엄마의 여섯 살보다 자신의 여섯 살이 더 행복했다는 생각이 들지 않았다.

"그동안 한 번도 이런 야그는 한 적이 없을 것이여. 죽을 때까장 안 하고 싶었응께."

연호도 듣고 싶지 않았다. 할머니 이야기를 듣고 엄마를 이해하거나 용서하게 될까 봐 알기 싫었다. 하지만 하지 말라고 할 기운도 없었다.

"느그 에미는 엄니, 아부지랑 한 차에 타고 가다 사고를 당했어야. 부모는 죽고 쬐깐한 것이 혼자 남은 걸 봉께 으찌나 맴이 애리고 저미든지……."

할머니가 긴 한숨을 쉬었다. 연호도 엄마가 아니라 모르는 여섯 살짜리라고 생각하면 그 아이가 불쌍했다.

"느그 에미가 어린 나이에 천애 고아가 된 것도 따지고 보믄 내 업보여. 나가 그렇게 맹근 것이구먼."

할머니가 태어난 건 일제강점기 때였다. 할머니 나이를 알고 있으면서도 얼마나 오래 살았는지 처음 안 느낌이었다. 소리꾼 집안에서 태어난 할머니는 어려서부터 노래 부르는 게 좋았다. 할머니의 아버지는 아들들에겐 소리를 시켰지만 딸은 얌전히 있다 시집가기를 바랐다.

"나는 시집가는 것보다 차라리 맘껏 소리할 수 있는 기생이 되고 자펐어야."

할머니의 부모님은 딸이 근로정신대나 위안부로 끌려가는 걸 막기 위해 결혼을 시켰다. 역사 교과서에서나 보던 내용에 연호는 이미 오래전에 죽은 인물과 누워 있는 기분이 들어 소름이 돋았다. 그래도 할머니의 목소리가 들려오는 게 덜 무서웠다.

"시집간 지 2년 만에 해방이 됐어야."

그 사이 딸을 낳았지만 할머니 마음은 늘 소리를 쫓아 떠돌았다. 읍내에 들어온 여성 국극단 공연을 본 할머니는 겨우 젖 뗀 딸을 떼어 놓고 홀린 듯이 국극단을 따라나섰다. 연호는 자신을 도맡아 키워 준 할머니가 젊었을 때는 무책임한 엄마와 크게 다르지 않았다는 사실에 놀랐다. 할머니는 자신의 죄를 고하듯 연호에게 한 마디 한 마디 힘겹게 이어 나갔다.

전쟁 중에도 여성 국극단은 많은 인기를 끌었다. 할머니는 인기도 얻고 돈도 많이 벌었지만 두고 온 자식에 대한 그리움과 죄책감에 힘든 나날을 보냈다. 몰래 살던 곳에 가 보았지만 전쟁 통에 피난을 떠난 가족의 생사를 알 수 없었다.

"그란디 딸이 갓난쟁이를 업고 나를 찾아온 것이여."

국극단 인기가 사그라든 뒤 할머니는 교습소를 차려서 문하생들을 가르치고 있었다. 딸은 피난길에 혼자 살아남아 고아원에서 자랐다고 했다. 늦은 나이까지 독신으로 지내던 딸이 결혼해서 낳은 아기가 연호 엄마, 경희였다.

"딸이 나를 찾아온 게 고맙고 또 고마워서 열두 번도 더 절하고 싶었제."

딸과 사위, 손녀까지 한꺼번에 얻은 할머니는 부러울 게 없었다. 하지만 행복은 할머니의 것이 아니었다. 딸과 사위의 영정 앞에서 할머니는 그들이 남기고 간 손녀를 잘 키우겠다고 맹세, 또 맹세했다. 엄마는 그런 손녀였다. 할머니에게 엄마는 어쩌면 어린 나이에 떼어 놓고 왔던 딸 같았는지 모른다. 연호는 때때로 할머니에게 느꼈던 서운함의 정체를 알게 되었다. 할머니에게는 연호보다 엄마가 더 아픈 손가락인 것이다. 자신을 키워 준 것도 엄마를 위해서였는지 모른다.

"느그 에미는 다른 애기들 소리 배우는 옆이서 장구를 두들기메 놀았어야. 어린것이 따로 갈치지 않아도 어깨너머로 배와서는 소리도 곧잘 혔제."

그러던 엄마는 고등학교 때 할머니와 알고 지내는 소리꾼 중 한 남자와 사라졌다고 한다. 제멋대로인 엄마이니 남자에게 부인이 있든 말든 상관하지 않았을 것이다. 몇 년 뒤 찾아낸 엄마는 연호를 데리고 야시장을 떠돌며 노래를 부르고 있었다.

"이게 무신 놈의 팔잔가 싶어 기가 딱 멕히더라. 느그 에미가 울면서 그러더라. 아버지 정이 그리웠다구. 느그 아부지가 죽은 지 아부지 같애서 좋았다드라. 그 말에 숨이 턱 맥혀서 더는 야단도 못 쳤제. 시방 저렇게 칠렐레팔렐레 돌아다니는 것도 가심에 쌓인 게 많아서, 그걸 저도 워쩌지 못해서 그란 것인께 니가 쪼까 이해혀라. 느그 에미는 나마냥 지 새끼를 두고 도망친 모진 에미는 아닌께."

할머니가 한숨과 함께 이야기를 끝냈다.

드라마도 시대극에서나 나올 법한 이야기였다. 등장인물들 또한 불쌍하고 서러운 인생들이었다. 그래도 연호는 엄마를 이해하거나 용서하고 싶지 않았다. 오히려 자신을 낳아 되풀이되는 듯한 운명의 수레바퀴 위에 올려놓은 엄마가 원망스러웠다. 엄마의 자식인 이상 그 수레바퀴에서 영원히 내려오지 못할 것 같았다. 무덤 같은 지하 방이 그 증거였다.

아무리 주변을 둘러보아도 자기 같은 아이는 없었다. 민기, 현중, 준희만 봐도 일반적인 가정에서 평범하게 살았다. 나름대로 걱정이야 있겠지만 자신처럼 삶의 무게에 짓눌린 아이는 없어 보였다. 연호는 진저리를 치며 깊은 어둠 속으로 가라앉았다.

'다시는 엄마를 보지 않을 거야. 이제 나한테 엄마 따윈 없어.'

연호는 다짐하고 또 다짐했다.

처음엔 밖에서 들리는 소리가 꿈속에서 나는 거라고 생각했다. 아직도 캄캄한 밤이었다. 무엇인가 부딪치는 소리와 신음 소리가 뒤섞인 것 같았는데 곧 잠잠해졌다. 눈을 뜬 연호는 벌떡 일어났다. 더듬거려 문 옆의 전등 스위치를 켜고 보니 9시였다. 연호는 아직 밤 9시라는 것에 어리둥절했다. 그러다 토요일인 어제 이사를 했고, 지금은 일요일 아침임을 알아차렸다. 지금 밖은 눈부시게 환할 것이다.

할머니 자리가 비어 있었다. 잠결에 들었던 소리가 생각나 바깥으로 귀를 기울였지만 조용했다. 밖으로 나간 연호는 계단에 쓰러져 있는 할머니를 발견하곤 몸이 굳었다. 지난밤 섬뜩했던 할머니의 감촉이 떠올라 꼼짝도 할 수 없었다. 잠시 뒤 연호는 떨리는 다리를 간신히 가누며 한 발 한 발 옮겨 놓았다. 가까이 갔을 때 할머니가 움직였다.

"할머니!"

그제야 마음 놓고 할머니를 소리 내 부르던 연호는 코를 막았다. 역한 냄새가 진동을 했다. 할머니 옷은 오물 투성이였다.

"날 깨우지 이게 뭐야!"

연호는 자기도 모르게 소리 지르며 할머니를 일으켰다. 할머니는 눈도, 입도 꽉 닫고 있었다.

"피 나잖아. 어디 또 다친 데는 없어?"

계단에 찧은 할머니 이마에서 피가 흐르고 있었지만 걱정보다 짜증이 더 났다. 할머니는 감으나 뜨나 똑같은 눈을 꼭 감은 채 아무 말 없이 연호가 이끄는 대로 몸을 맡겼다. 연호는 할머니를 부엌 한옆의 간이 욕실로 데리고 갔다. 옷을 벗기는데 여기저기 똥이 옮겨 묻었다. 연호는 치밀어 오르는 구역질을 참으며 고무장갑을 끼고 할머니를 씻겼다. 그러곤 방으로 가 옷을 갈아입혔다. 할머니는 쓰러지듯 바닥에 누웠다. 다시 부엌으로 나온 연호는 할머니 옷에 묻은 오물을 헹구다 구역질을 참을 수가 없어 수도꼭지를 부여잡고 쓴 물까지 토해 냈다.

"앞으로는 혼자 계단 올라가지 마. 변기통 사다 놓을 테니까 나 없을 때는 거기에다 누셔. 내가 학교 갔다 와서 버릴 테니까."

할머니 앞에 밥상을 놓으며 연호가 말했다. 할머니는 입을 꾹 다문 채 말이 없었다. 숟가락도 들지 않았다.

"왜 안 드시는 거야! 나 속 터져 죽는 거 보고 싶어서 그래?"

연호는 끝내 밥을 먹지 않는 할머니를 잡아 흔들고 싶은 걸 겨우 참고 상을 들고 일어섰다. 다른 때 같으면 왜 안 먹느냐고 연호를 챙겼을 할머니가 가만히 있었다. 연호는 할머니가 왜 밥을 먹지 않는지 알았다. 깔끔한 성격인 할머니에겐 그 실수가 큰 충격이었을 거다. 그래도 연호는 똥을 싸 놓고 밥까지 안 먹어 속을 썩이는 할머니에게 화가 났다.

상을 부엌 바닥에 팽개치듯 놓은 뒤 연호는 세수를 했다. 그러곤 말없이 집을 나섰다. 당장 변기통과 세제가 필요했다. 세제야 아무 데서나 팔지만 민기 엄마가 말했던 요강은 어디에서 파는지 알지 못했다. 민기 엄마가 그 이야기를 할 때 흘려들은 게 후회스러웠다. 화장실이 밖에 있는 걸 가장 걱정했으면서도 미처 대비를 하지 못한 게 실수였다. 연호는 할머니가 화장실에 가고 싶다고 할 때 데려가면 될 테지, 하고 편하게 생각했다.

밖으로 나와 환한 햇살과 신선한 공기를 대하니 마음이 좀 가라앉았다. 연호는 큰길가에 있는 대형 마트까지 걸어갔다. 그곳에는 그릇들도 파니까 요강도 있을지 모른다. 민기네 집 앞으로 해서 가면 더 빨랐지만 다른 길로 돌아갔다. 민기네 식구나 그 동네 사람들을 만나고 싶지 않았다.

자전거가 휙 지나갔다. 준희가 떠올랐다. 연호를 태우고 간 준희는 묵묵히 이삿짐을 날랐다. 가끔 수돗물을 틀어 땀범벅이 된 얼굴을 씻고는 다시 일했다. 내일 학교에 가서 그 애와 마주칠 걸 생각하니 더 비참했다.

마트는 가족과 함께 장을 보러 나온 사람들로 붐볐다. 연호는 사람들을 보았다. 뛰어다니는 아이들도 있고, 엄마나 아빠가 미는 카트에 탄 아이도 있었다. 친구들과 어울려 재잘대는 또래 아이들은 있어도 자기처럼 요강을 사러 온 아이는 없을 것 같았다. 연호는 그릇 종류를 파는 곳으로 가 보았으나 요강은 눈에 띄지 않았다. 찾는 사람이 없어 진열해 놓지 않은 모양이다.

"저기, 요강 있어요?"

연호는 물건을 정리하는 여자 직원에게 작은 소리로 물었다.

"요강요?"

여자 직원이 되물었다. 연호는 빨개진 얼굴로 고개를 끄덕였다.

"글쎄, 있었던 것 같은데……."

잠시 생각하던 직원이 진열대 끝에 있는 다른 직원에게 큰 소리로 말했다.

"수정 씨, 이 손님한테 요강 좀 찾아 줘!"

연호는 마트 안의 사람들이 모두 자기를 바라보는 것 같았다. 연호는 죄지은 사람처럼 고개를 숙인 채 직원을 따라갔다.

"요새도 요강을 파나 보네."

"그러게. 어릴 때 요강 비우는 심부름이 젤 하기 싫었는데."

"그래도 한겨울 밤에 밖에 있는 변소에 가는 것보다는 나았지."

지나가던 할머니들이 말했다. 그들은 추억을 이야기했지만 연호에겐 현실이었다.

직원이 찾아 준 요강은 다행히 종이 박스 안에 담겨 있었다. 연호는 세제 사는 것도 잊어버린 채 요강을 계산대 위에 올려놓았다. 계산원이 바코드를 찍는데 얼굴이 화끈거렸다. 요강이 든 비닐 봉투를 들고 마트에서 나오는 연호의 등이 축축했다. 연호는 빠른 걸음으로 마트를 벗어났지만 곧 갈 길을 잃어버린 사람처럼 이리저리 헤매고 다녔다. 집에 가는 시간을 늦추고 싶었다. 햇빛을 삼킨 방이 연호의 삶까지 삼켜 버릴 것만 같았다. 어둠 속에서 할머니가 연체동물의 빨판처럼 자신에게 눌어붙은 채 떨어지지 않을 것 같았다.

연호는 가슴속에서 소용돌이치는 것들을 토해 내고 싶었다. 노래를 부르고 싶었다. 혼자 코인 노래방에 가서 가슴 가득 찬 감정을 노래에 실어 분출하는 건 연호가 부려 온 유일한 사치였다. 하지만 지난밤에 할머니로부터 들었던 이야기가 생각나 몸을 떨었다. 할머니와 엄마의 운명은 어쩌면 노래 때문에 그렇게 뒤틀렸는지 모른다. 대하드라마 같은 그 이야기의 마지막 주인공이 자신인 것만 같았다.

연호는 도망치고 싶었다. 내 도망은 할머니나 엄마랑은 달라. 할머니는 어린 자식을 버린 거고, 엄마는 남의 가정도 망치고 자기 인생도 망쳤지만 나는 살기 위해서야. 할머니를 버린다고 해도 내 잘못은 아니야. 할머니는 어른이고 엄마 책임인 거잖아.

연호는 아이들이 뛰어노는 놀이터 한구석에 앉아 도망친 자신을 상상했다. 어디든 취직을 하는 거야. 학교는 검정고시로 마치면 돼. 돈을 벌면 대학교에도 갈 수 있을지 몰라. 야간 대학교나 사이버 대학교 같은 데는 등록금이 쌀 거야. 열심히 공부하면 장학금을 탈 수도 있을 거야. 집을 떠난 모습을 상상하자 오히려 더 많은 걸 꿈꿀 수 있었다.

연호는 대학생이 돼 할머니를 찾아가는 장면을 상상했다. 할머니에게 줄 선물을 사 들고 계단을 내려간다. 문을 열고 들어가니 악취가 진동하고, 오물 범벅이 된 채 숨을 거둔 할머니가 있다. 연호는 마구 고개를 저어 얼른 그 장면을 지워 버렸다. 다시 계단을 내려간다. 고요하다. 부엌도 깨끗하고 방도 깨끗하다. 할머니는 아랫목에 몸을 웅크린 채 잠들어 있다. 아니 굶어 죽은 할머니가 있다. 연호는 또 고개를 저었다. 다시 계단을 내려간다. 캄캄하다. 전기도 끊겼다. 발을 들이미는데 무엇인가 발목을 잡는다. 키워 준 은혜도 모르고 할미를 버리고 가다니. 이 나쁜 년! 할머니가 살아 있어 좋았는데 그 말을 마친 할머니는 숨을 거둔다.

연호는 벌떡 일어났다 다시 주저앉았다. 머리가 핑 돌고 눈앞이 캄캄하고 심장이 벌렁거렸다. 입과 눈을 꽉 닫은 채 말이 없던 할머니가 떠올랐다. 그런 할머니를 두고 나온 지 너무 오래됐다. 연호는 요강 상자 모서리가 종아리를 찧는 것도 느끼지 못하며 집을 향해 내달리기 시작했다.

할머니가 없는 세상은 너무 무서웠다. 자신에게 있는 거라곤 오직 할머니와 지하 방뿐이다. 집 앞 계단을 내려가는데 다리가 후들거렸다. 부엌문 앞에 섰을 때는 몸까지 와들와들 떨렸다. 할머니는 방에 누워 있었다. 연호는 방바닥에 털썩 앉았다. 들고 있던 요강 상자가 바닥에 떨어졌다. 연호는 떨리는 손을 할머니 몸에 갖다 대었다.

"할…… 머니."

할머니가 유령처럼 시부저기 일어나 앉았다.

"워디 갔다 오냐? 나가 얼른 죽어야 하는디. 우리 애기 고생시켜서 워쩐다냐."

할머니 목소리엔 기운이 하나도 없었다. 연호는 그제야 겨우 숨을 내쉬며 요강 상자를 할머니 앞으로 들이밀었다.

“요게 뭣이여?”

할머니가 더듬더듬 안의 것을 꺼냈다. 반짝반짝 빛나는 스테인리스 요강이 모습을 드러냈다. 동그란 요강은 앙증맞고 예쁘기까지 했다. 그게 무엇인지 알아차린 할머니의 얼굴이 어두워졌다.

“늙으면 죽어야 하는디, 생목숨을 끊을 수도 없고, 우리 애기 고생스러워서 워쩔까나.”

할머니가 넋두리를 했다.

할머니, 괜찮아. 그동안 할머니가 날 키워 줬잖아. 이젠 내가 모실 차례야. 그렇게 할머니를 위로하고 싶었지만 연호는 말이 나오지 않았다. 모터라도 달린 듯 몸이 계속 떨렸기 때문이다. 어떻게 모터를 꺼야 할지 알 수 없어서 연호는 몸을 웅크린 채 모로 누웠다. 그래도 떨림은 멈추지 않았다. 연호는 무릎이 턱에 닿을 만큼 잔뜩 웅크렸다.

연호는 햇빛이 들어오지 않는 방에서 날짜가 바뀌는 것도 모르는 채 앓았다. 이마에 찬 수건을 올려놓는 할머니의 손길이 꿈인지 현실인지 구별되지 않았다. 아니, 낫고 싶지 않았는지도 모른다. 나아 봤자 더 나을 것도 없는 현실이 기다리고 있으니까.

연호는 가끔 깨어났다 다시 눈을 감았다. 역겨운 냄새들은 무의식 속까지 따라왔다. 젖은 빨래들, 상 위에서 상하기 시작한 음식들, 반짝반짝 빛나는 요강에서 흘러나온 냄새들이 뒤범벅된 채 어둠 속에서 부패해 가고 있었다. 연호는 그 안에서 함께 썩어 가고 있는 자신을 상상했다.

"아가, 정신 쪼까 차리그라. 죽 좀 쒔응께 입이라도 축여 보그라잉."

숟가락이 입에 닿았다. 음식이 입에 흘러드는 순간 구역질이 나기 시작했다. 연호는 일어나 앉았다. 간신히 눈을 뜨고 할머니를 바라보니 지옥 구덩이에서 빠져나온 사람처럼 몰골이 말이 아니었다.

"전화가 안 돼야. 민기 엄니한티 와 달라고 전화 넣을랬더니 먹통이여."

할머니의 휴대폰은 전화 요금이 밀려 받는 것밖에 안 되었다. 연호는 사물이 두 겹 세 겹으로 보이는 방 안을 둘러보았다. 이불이며 옷가지며 수건들이 나뒹구는 집은 오물 구덩이 같았다. 구역질을 겨우 가라앉힌 연호가 다시 누우려는데 밖에서 문 두드리는 소리가 들려왔다.

"시방 누가 왔다냐?"

할머니가 구세주라도 온 양 반가운 목소리로 말했다. 누가 연호를 불렀다.

"조연호!"

귀가 윙윙거렸다.

"오매, 민긴가 보다. 윗집헌티 부탁혔더니 소식 듣고 왔구먼."

싫었다. 아무리 자기네 사정을 속속들이 아는 민기라도 이 꼴은 보이기 싫었다. 계속 문 두들기는 소리가 들렸다. 대답이 없으면 문을 부수고 들어올지 모른다.

민기를 돌려보내기 위해 간신히 일어난 연호는 문을 향해 필사적으로 나아갔다. 부엌 바닥에 떨어져 있는 음식이 발에 밟혔다. 할머니가 뭔가를 하려다가 쏟은 모양이었다. 간신히 잠금 장치를 푸는 순간, 미처 막을 새도 없이 문이 활짝 열렸다. 앞엔 민기가 아니라 준희가 서 있었다. 모든 것이 어룽거리는 가운데 말로 설명하기 힘들 정도로 복잡한 준희의 표정만이 뚜렷하게 보였다. 발밑이 푹 꺼지는 거 같았다.

"……담임 샘이랑 같이 왔어."

준희가 죄지은 사람처럼 말했다. 끝을 알 수 없는 나락으로 떨어져 내리며 연호는 다짐했다.

'이젠 학교에 가지 않을 거야.'

시간의
부피와 질량

이사를 한 뒤 연호는 학교에 오지 않았다. 결석한 첫째 날인 월요일, 연호를 대할 게 걱정이던 준희는 오히려 다행이라는 생각이 들었다. 둘째 날, 준희는 비어 있는 연호 자리가 이 빠진 자리처럼 신경 쓰였다. 일상생활에 큰 지장을 주지는 않지만 자꾸 혀를 갖다 대거나 거울을 보게 할 정도 만큼.

셋째 날, 준희는 걱정됐다. 연호의 결석에 관심을 갖는 아이는 아무도 없는 것 같았다. 담임이 아이들에게 연호에 대해 물었지만 안다는 아이가 없었다. 반에서 가장 최근에 연호를 본 사람은 자신임이 분명했다. 게다가 연호는 상황이 아주 나빠 보였다.

준희는 민기에게 전화 걸어 볼까 하다가 그만두었다. 그

날 민기네 동네에 간 걸 진심으로 후회하고 있었기에 그 애들과 더는 엮이고 싶지 않았다.

준희가 연호네 이삿짐을 날라 주게 된 건 우연이었다. 토요일 아침, 눈을 뜨자 가장 먼저 이모가 떠올랐다. 모습이 아니라 지난번 통화했던 목소리가. 목소리가 만들어 낸 이미지는 희미해서 잘 보이지 않았다. 이모에 대한 감정은 아직 아무것도 갈피가 잡히지 않은 채였다.

"오늘 뭐 할 거야?"

형이 아침 식탁에서 물었다.

"왜?"

"할 거 없으면 영화나 보러 가자고."

"좋은 생각이다. 요새 볼만한 영화 있니?"

엄마가 더 반가워했다.

"찾아보지 뭐. 보고 싶은 영화 있어?"

형의 말에 모든 시선이 준희에게로 모였다.

"그럼 저녁때는 오래간만에 외식이나 할까?"

준희가 대답할 새도 없이 아빠가 끼어들었다.

휴일이면 김밥을 싸서 어디든 가는 게 준희네의 오랜 관례였다. 요즘 준희가 그 질서를 무너뜨리고 있다.

"오늘 약속 있어서 안 돼."

준희는 밥을 먹은 뒤 자전거를 타고 무작정 집을 나섰다. 약속이 있다는 건 핑계였다. 처음엔 공원이나 몇 바퀴 돌아야지 하는 마음이었다. 그런데 어느 틈에 자전거가 예전에 살던 동네로 가고 있었다. 마치 자신도 모르는 사이 정해진 약속을 몸이 기억하는 것 같았다.

이모가 민기에게 동네 이름과 학교를 물은 건 왜였을까. 내가 생각나서였을까? 준희는 큰길을 지나며 예전 풍경들을 떠올렸다. 다른 건 잘 생각나지 않는데 가게와 느티나무는 확실하게 기억났다. 재개발이 되지 않았으면 준희네도 민기네처럼 여태껏 이 동네에 살고 있을 것이다. 강보에 싸여 집에 오는 장면부터 자신을 쭉 지켜봐 온 사람들이 있는 곳에서 지금까지 산다는 건 생각만 해도 끔찍한 일이다.

이모가 민기에게 관심을 보인 건 아마 동네 이름 때문이었을 거다. 준희네 집에 온 적도 있으니 동네를 기억하겠지. 그뿐이라고 생각하자 다행이다 싶으면서도 한편으론 실망스러웠다. 준희는 민기가 이모를 잘 아는 것처럼 말했을 때 느꼈던 감정이 두려움이었는지 기대였는지 헷갈렸다.

자전거가 생각에 빠져 있는 준희를 민기네 집이 있는 골목으로 데려다 놓았다. 준희는 자기를 알아보는 사람을 만날까 봐 신경 쓰였다. 아무리 시간이 흘렀어도 얼굴의 점은 그대로다. 점은 형 말처럼 길을 잃어버렸을 때 찾게 해 주기도 하겠지만 준희가 입양한 아이임을 떠올리게도 해 줄 것이다.

나는 왜 이곳에 온 거지? 민기한테서 알고 싶거나 듣고 싶은 게 뭐지? 민기를 꼭 만나고 싶은 것도 아니었다. 그런데 이사를 하는지 민기네 집 앞이 어수선했다. 우연이라도 마주치기에는 적당치 않은 날이었다. 준희는 다행이라고 생각하며 민기네 집 앞을 지나쳤다. 그때 몇 초만 빨리 지나갔어도. 그 짧은 몇 초 때문에 현중의 눈에 띄었고, 연호네 이사에 엮이게 되었다.

종례를 마친 담임 선생님이 준희에게 좀 보자고 했다. 준희는 의아한 마음으로 교무실로 갔다.

"너 혹시 연호한테 무슨 일 있는지 아니?"

뜻밖에도 연호에 대해 물었다.

"아, 아뇨. 제가 그걸 어떻게……. 몰라요."

준희는 얼떨결에 강하게 부인했다.

"그래? 얼마 전에 학교 끝나고 너랑 연호랑 같이 가는 거 봤다는 선생님이 계셔서. 연호가 누구랑 같이 있는 거 본 적이 없거든. 그래서 너랑은 좀 가까운가 했지."

선생님이 실망스러운 얼굴로 말했다.

"전화해 보시면 되잖아요."

준희도 연호가 왜 학교에 나오지 않는지 궁금했다.

"첫날부터 해 봤지. 그런데 전화가 안 돼. 연호 어머니 휴대폰은 결번이라고 나오고. 이렇게 계속 무단결석하면 내신에도 지장 있는데. 아무튼 알았다, 그만 가 봐."

교무실에서 나오는 마음이 개운치 않았다. 망설이던 준희는 되돌아갔다. 선생님에게 짐을 넘기고 싶었다.

"선생님, 저어…… , 사실은 지난 토요일에 연호 봤어요."

금방 펄쩍 뛰며 부인했던 걸 번복해야 하는 게 민망했지만 편해지려면 어쩔 수 없다.

"그래? 어디서?"

선생님 얼굴이 환해졌다.

"그게, 걔네 집에 가려던 건 아니었고요. 친구네 집에 가다가 우연히……."

준희는 그날 상황을 대강 설명했다.

"너 그럼 이사 간 집 알겠구나. 어딘지 가르쳐 줄 수 있겠니?"

주소도 모르고 말로 설명하기도 어려웠다. 약도를 그리다 실패한 준희는 결국 담임 차에 탔다. 여기까지만이야. 준희는 스스로에게 말했다. 담임이라고 해도 단둘이 차 안에 있는 게 너무 불편했다. 음악을 듣고 싶었지만 이어폰을 꽂는 건 실례일 것 같아 참았다.

"음악 들을래?"

선생님이 말하며 뜻밖에 제이 알 라이언 음악을 틀었다.

"쌤도 힙합 좋아하세요?"

준희는 자기도 모르게 물었다.

"특별히 좋아하지는 않지만 이 사람 게 괜찮아서 리스트에 넣어 두었지."

준희는 담임 선생님이 다시 보였고 한결 친근해진 느낌이 들었다.

"너 그날 내가 부르는 소리 들었니, 못 들었니?"

"언제요?"

"부장 선생님한테 혼나고 교무실 나갈 때 내가 불렀는데 그냥 씹고 가더라."

준희는 선생님의 입에서 애들이나 쓰는 '씹는다'라는 표현이 나오자 자기도 모르게 웃었다.

"못 들었어요."

그날 기분으로는 들었대도 '씹었을' 게 분명했지만 지금은 못 들었다고 말할 수 있어 좋았다.

"나도 내내 고민하다가 그렇게 결론 내렸다. 사실 내가 좀 소심쟁이거든. 네가 듣고도 그냥 간 거라면 담임 체면이 말이 아니잖아."

선생님도 웃으며 말했다.

"제이 알 라이언 최신 곡 좋은데 들어 보셨어요?"

랩을 화제로 하니 스스럼없이 질문이 나왔다.

"아니. 솔직히 힙합 음악을 일부러 찾아서 들은 건 그때가 처음이었어. 너랑 이야기할 기회가 오면 관심 좀 끌어 보려고 들었던 거야."

담임은 준희가 또 문제를 일으킬지 모른다고 생각한 모양이었다.

"사실 그땐 학기 초고, 작년 일에 대해 들은 것도 있고 해서 너를 좀 신경 쓰고 있었거든. 그런데 그 뒤로 잠잠하더라."

겉으론 잠잠할지 몰라도 속은 그 어느 때보다 시끄럽고 복잡한 준희는 할 말이 없었다.

"그날, 연호랑 같이 가면서 무슨 이야기 했는지 물어봐도 돼?"

준희가 일러 준 사거리를 향해 운전하던 담임이 물었다.

"별 이야기 안 했어요."

준희는 얼버무렸다. 실은 연호가 드림박스나 이모에 대해 아는 게 있을까 해서 기다린 거였다. 그 애들이 이모를 알고 있다는 사실에 왜 그렇게 예민해졌는지 준희 자신도 이유를 알 수 없었다. 자신이 입양아인 건 민기가 현중이나 연호에게 말했을 테니 그게 알려질까 봐 걱정되는 건 아니었다. 그럼 도대체 뭐지. 준희는 이모를 만나고 싶은 것도 아니면서 이모를 아는 아이들 주변을 맴돌고 있었다.

"저기 세우시면 돼요."

좁은 도로를 꼬불꼬불 올라가, 준희는 이삿짐 트럭이 섰던 자리를 가리켰다. 먼저 가서 연호에게 선생님이 오셨다고 알려야 할지, 선생님과 같이 가야 할지, 선생님만 들어가게 하고 자신은 밖에 있어야 할지 혼란스러웠다. 선생님에게 집을 가르쳐 준 다음 자신은 그 일에서 빠지고 싶은 게 솔직한 심정이었다.

"어디야?"

차에서 내린 선생님이 두리번거리는 걸 보고 준희는 마음을 정했다. 어쨌거나 자신은 연호네 사정을 본 사람이다. 그런 자기가 먼저 가서 선생님이 오셨다고 알리는 게 맞다.

"쌤, 여기 잠깐만 계세요."

준희는 짐을 나르느라 오르내렸던 계단을 내려갔다. 그리고 연호를 부르며 문을 두드렸다. 얼마 뒤 문이 열리며 나타난 연호 얼굴은 무덤에서 나온 듯 푸르스름했고, 준희를 알아보는 것 같지 않았다. 선생님도 오셨다고 말하는 순간 연호는 무너지듯 쓰러졌다. 마치 혼이 빠져나가며 벗어 놓고 간 옷처럼 바닥에 널브러졌다.

"연호야, 조연호! 선생님, 선생님! 야, 조연호, 정신 차려!"

준희는 연호를 흔들며 소리치다 선생님을 부르다 했다.

"아가, 우리 애기 무슨 일이다냐?"

연호 할머니가 더듬거리며 부엌으로 기어 나오다 문턱에 걸려 뒹굴었다. 집 안은 마치 폭풍이 와서 휩쓸고 간 것처럼 엉망이었다. 그동안 어떤 일들이 벌어진 건지 짐작조차 할 수 없었다.

"우리 애기한테 시방 무신 일이 생겼다냐?"

다시 일어나 기어 오는 연호 할머니의 목소리는 물에 빠진 사람처럼 절박했다.

"왜 그래? 무슨 일이야?"

선생님이 쫓아 내려왔다.

"모, 모르겠어요. 문을 열더니 갑자기……."

준희는 너무 놀라 말도 제대로 나오지 않았다.

"무, 무신 일이당가?"

할머니가 허공에 대고 손을 허우적거렸다.

"연호 할머님이세요? 저는 연호 담임이에요. 연호가 결석을 해서 왔는데 왜 이러지요?"

선생님도 당황한 표정이 역력했다.

"오매, 이, 이 누추한 곳에를, 오매, 이를 어쩐다요. 이사해 놓고 사흘 밤낮을 심허게 앓았어라. 우리 애기가 시방 어떤 게라? 아가, 아가!"

할머니가 손을 더듬거리며 물었다.

"할머니, 연호 데리고 일단 병원에 가 봐야 할 것 같아요. 준희야, 네가 좀 업을래?"

등에 업힌 연호는 축 늘어졌는데도 무겁지 않았다.

"할머니, 병원 다녀올 테니 너무 걱정 말고 계세요."

선생님이 할머니에게 말했다.

"민기야, 미안시러워도 느그 엄니 집에 계시믄 쪼까 와 달라고 해야 쓰겄다."

할머니는 선생님이 이름을 말했는데도 준희를 민기라고 착각하는 것 같았다. 계단을 다 올라간 준희는 민기와 맞닥뜨렸다. 민기의 눈이 휘둥그레졌다.

"야, 너는 그동안 안 와 보고 뭐 했냐!"

준희는 자기도 모르게 민기에게 버럭 화를 냈다.

"연호 왜 이래? 연호야, 연호야!"

민기가 연호를 잡고 흔들다 선생님을 보곤 한옆으로 물러

셨다.

"결석해서 선생님이랑 왔는데 쓰러져서 병원 가는 거야. 차 문 좀 열어 줘."

민기가 달려가 문을 열고 준희는 연호를 뒷자리에 뉘였다. 연호는 작은 신음 소리를 냈지만 깨지는 않았다. 연호의 운동화를 들고 온 선생님이 서둘러 운전석에 탔다. 준희도 선생님 옆자리에 앉았다.

"병원 갔다 올 테니까 연호 할머니한테 가 봐. 되게 놀라셨을 거야."

차창을 열고 민기에게 말한 준희는 뒷자리를 돌아다보았다. 연호의 팔 하나가 축 늘어져 흔들거렸다.

"아까 사거리에서 병원 본 것 같은데."

선생님이 말했다.

"네, 거기 큰 병원 있어요."

준희와 선생님은 응급실로 갔다.

연호는 감기몸살과 영양실조가 겹친 상태였다. 팔에 영양 주삿바늘을 꽂는데도 연호는 얼굴만 찌푸렸을 뿐 눈을 뜨지 않았다. 무의식 상태에서도 깊은 시름에 잠겨 있는 듯했다.

"무리해서 다이어트를 한 것 같네. 요즘 학생들 큰일이야.

살만 빼면 뭐가 되는 줄 아나."

의사가 진료 기록을 보며 고개를 저었다.

"우리 연호, 그래서 쓰러진 거 아니거든요."

연호 곁에 있던 선생님이 발끈했다.

"그럼 요새 세상에 쌀이 없어 굶기라도 했나."

의사는 연호를 힐끗 보며 혼잣말로 중얼거렸다. 의사가 대수롭지 않게 여기는 걸 보니 큰 문제가 아닌 것 같아 준희는 오히려 마음이 놓였다.

"준희야, 선생님이 이따가 연호 깨면 데려다줄 테니까 넌 그만 가 봐. 오늘 수고했어."

선생님이 말했다. 준희는 더 있겠다고 할 이유도 명분도 없어서 병원을 나왔다.

밖으로 나오자마자 온종일 햇볕에 달구어진 길에서 후끈후끈한 열기가 올라왔다. 드디어 벗어났는데도 이상하게 홀가분한 느낌이 들지 않았다. 잠시 망설이다 준희는 다시 안으로 들어갔다. 연호 손을 잡고 있던 선생님이 돌아다봤다. 눈가가 젖은 선생님의 모습에 당황한 준희는 멈칫거리다 이어폰을 내밀었다.

"저, 심심하실 것 같아서……. 또 연호 깨면 영양제 맞는 동안 음악 들으라고……."

고맙다. 선생님이 이어폰을 받았다. 실은 연호가 깨어날 때까지 함께 있으려고 했는데 울고 있는 선생님을 보니 그럴 수가 없었다. 준희는 선생님의 등에 대고 인사를 한 뒤 다시 나왔다.

아주 오랜 시간이 지난 것 같은데 시계를 보니 학교 끝나고 두 시간도 채 지나지 않았다. 그런데 왜 이렇게 길게 느껴지는 거지. 싫은 일을 할 때면 시간이 더디 간다지만 그래서는 아니다. 연호를 병원에 데려오는 데 걸린 시간은 연호가, 학년 초 교무실에 불려 간 자신을 기다려 주었던 시간까지 합산하는 게 맞다는 생각이 들었다. 연호와의 시간은 그때부터 흐른 것이다. 연호네가 이사하는 걸 도왔던 것도 현중의 눈에 띈 순간에서 비롯된 게 아니라 준희가 이 동네에 처음 왔던 그때로 거슬러 가야 할 것이다.

진정한 시간은 그게 가지고 있는 부피와 질량으로 재는 것 아닐까. 그럼 내가 그동안 우리 가족과 함께한 시간의 부피와 질량은? 그건 얼마큼이지? 집에 도착했을 때 준희는 멀고 긴 길을 오래도록 걸어온 기분이었다.

벼랑 끝
아이

민기가 학원에서 돌아오니 엄마는 연호네 갖다줄 반찬을 만들고 있었다.

"어린 게 얼마나 속을 끓였으면 생병이 났겠어. 엄마라는 사람은 어디서 뭘 하는지……."

"연호는 왔어?"

연호가 병원에 간 뒤 민기는 엄마에게 연락해 놓고 학원을 갔다.

"그래. 선생님이 참 좋은 분이더라. 애 영양제 맞히고, 죽에 과일에 잔뜩 사서 들여놓고 갔어. 니들 그렇게 학교 보냈어도 그런 선생님은 첨 봤다."

민기는 준희도 함께 왔느냐고 묻고 싶은 걸 참았다. 선생님이야기만 하는 걸 보니 준희는 제 말대로 먼저 간 모양이다.

"연호는 어때?"

"지 말로는 괜찮다는데……. 죽 먹는 거 보고 왔어. 노인네도 그제야 한시름 놓고 식사하시고. 아이고, 차라리 엄마가 없는 게 낫지. 준흰가 하는 애 봐. 얼굴에 점이 있어서 그렇지 부모 잘 만나서 아주 반듯하게 잘 컸잖아. 연호보다 훨씬 낫지. 엄마 노릇 제대로 못할 것 같으면 일찌감치 포기할 것이지 왜 끌어안고 있다가 애 고생, 노인네 고생을 시켜."

그렇게 했으면 연호도 준희처럼 양부모를 만나 잘살고 있을까. 나랑은 아무 상관없이? 민기는 가슴 한편이 서늘해졌다. 민기는 엄마와 식탁에 마주 앉아 멸치 똥을 뺐다. 현중과 온라인에서 만나기로 했지만 게임할 기분이 아니었다.

"너, 오늘 학원 늦었지?"

"첫째 시간 중간에 들어갔지 뭐."

"앞으로 연호네는 엄마가 신경 쓸 테니까 너는 공부나 해. 기말고사 얼마 안 남았잖아."

"알았어. 오늘은 연락할 거 있어서 갔던 거야."

"같은 학교도 아닌데 연락할 게 뭐가 있어? 너 혹시 연호랑……."

엄마가 민기를 살피는 듯한 눈초리로 바라보았다. 민기는 엄마 말이 다 끝나기도 전에 펄쩍 뛰었다.

"혹시 뭐? 사귀기라도 할까 봐? 기획사에서 연호 한번 와 보래서 그거 알려 주러 갔던 거야."

"기획사? 너 아직도 정신 못 차렸어?"

엄마가 소리를 꽥 질렀다.

"그런 거 아냐. 전에 노래방에서 노래 부른 거 녹음해서 보낸 적 있는데 그거 듣고 연호 보자는 거야."

"연호가 그렇게 노래를 잘해?"

엄마가 미심쩍은 표정을 지었다.

"엄만 못 들어 봤지? 완전 잘해."

민기는 엄지손가락을 치켜들었다.

"하긴, 피는 못 속인다는데. 할머니도 그렇고, 지 엄마도 명색이 가수니 타고난 게 있겠지. 거기서 보자고 하면 가수 되는 거야? 괜히 애한테 바람이나 넣는 거 아니고?"

"그거야 장담 못 하지만 가능성이 있으니까 보자고 하는 거지."

"에구, 그렇게라도 풀렸으면 좋겠다. 그러면 나도 다리 뻗고 잘 것 같다. 그놈의 정이 뭔지, 그 집 생각하면 가슴에 돌덩이가 올라앉은 것 같아. 기획사에서 언제 보자는데?"

"되는 대로 빨리. 거기 연습생 되면 희망이 보이지. 그런데 연호는 가수 되는 거 싫대."

연호가 고분고분 드림박스에 갈지 의문이었다.

"배부른 소리 하고 있네. 시켜 준다면 맨발로라도 뛰어가야지. 지가 지금 찬밥 더운밥 가릴 처진가. 그런데 거기는 믿을 만한 데야?"

엄마가 민기를 바라보았다.

"크지는 않아도 평판이 좋은 데야."

"하긴, 연호네한테 사기 칠 건덕지가 어디 있다고. 거기 전화번호 내놔 봐. 내가 전화 좀 해 보게."

엄마가 나섰다.

"엄마가 전화를 왜 해? 그리고 일단 내가 먼저 연호한테 얘기해 보고. 연호가 정말 싫다고 하면 못 하는 거니까."

"니 노래는 안 보냈어?"

갑자기 엄마가 손을 멈추며 물었다.

"왜 안 보내. 녹음에 다 들어 있었지."

민기가 똥 뺀 멸치 하나를 입에 넣으며 대꾸했다.

"그런데 너는 보자고 안 해?"

엄마가 떠보듯이 물었다.

"응."

민기는 심드렁하게 대답했다.

"진짜지?"

차라리 엄마를 속이는 거였으면 좋겠다.

"그렇다니까."

민기는 또 멸치를 집어먹었다.

"그만 먹어!"

엄마가 민기의 머리를 때렸다.

"에라, 이 실속 없는 놈아. 죽 쒀서 남 좋은 일만 시키네. 어이구, 얼굴값도 못 해요."

"어쩌라고! 연예인 하지 말라며. 집에서 팍팍 밀어줘야지. 맨날 숨어서 오디션 보러 다니게 하면서……."

민기가 볼멘소리를 했다.

"연호는 밀어주는 사람이 있고?"

"걔는 노래 유전자를 물려받았잖아. 연호가 그렇게 부러우면 나 연예인 해도 돼? 그럼 연기 학원 보내 줘."

"쓸데없는 소리 말아! 연호 연결시켜 주고 너는 공부나 열심히 해."

다음 날 민기는 반 대항 축구대회에 선수로 나갔다가 왼쪽 발목 인대를 다쳐 깁스를 했다. 그 바람에 연호네 집에 갈 수가 없었다. 전화로 알려 줄까 하는 생각도 들었지만 다친 걸 연호에게 보여 주고 싶었다.

사흘째 되는 날 민기는 다른 때보다 더 심하게 절뚝거리며 연호네 집으로 가다 준희의 전화를 받았다. 연호가 그 뒤로도 계속 학교에 나오지 않는데 무슨 일인지 아느냐고 물었다.

"뭐, 아직도 아픈가 보지."

민기는 관심 없는 척했다.

"선생님이 할머니한테 전화해 보셨는데 집에 없대."

"그럼 병원 갔나 보지."

민기는 연호네 집으로 가는 길이라는 말을 하지 않았다.

"그게 아니라 날마다 학교에 간다고 나갔대. 걔 어디 갈 만한 데 몰라?"

"갈 만한 데?"

한 군데도 떠오르지 않았다. 연호는 컴퓨터 게임도 하지 않았고, 혼자 찜질방에 갈 리도 없었다.

"어디서 또 쓰러진 거 아냐? 내가 그쪽으로 갈게. 만나자."

준희 목소리가 심각해졌다.

"나, 학원 가야 되는데."

연호에게 드림박스 이야기만 전하고 절뚝거리는 뒷모습을 보이며 학원에 갈 생각이었다. 오늘도 학원에 늦거나 빠지면 엄마가 조용히 넘어가지 않을 것이다.

"그럼 내가 찾아볼 테니까 갈 만한 데나 알려 줘."

준희가 채근했다.

"아냐. 지하철역에서 만나자."

일단 그곳이 중간 지점이었고, 상가가 밀집해 있는 곳이었다. 엄마도 연호가 실종돼서 찾으러 다녔다고 하면 이해해 줄 것이다.

아무래도 할머니에게 직접 알아보는 게 우선일 것 같아 민기는 연호네 집으로 갔다. 하지만 연호 할머니는 연호가 학교에서 아직 안 돌아온 줄로만 알고 있었다.

"쪼께 있으면 올 것인게 거그 바나나 까먹고 지둘리거라."

할머니가 말했다.

학원 핑계를 대고 되돌아 나온 민기는 자신이 알고 있는 연호의 행동반경을 떠올려 보았다. 연호는 학원에도 다니지 않았고, 학교 밖에서 어울리는 친구가 있는 것 같지도 않았다. 민기는 자신이 연호에 대해서 잘 안다고 생각한 게 착각이었음을 깨달았다. 그동안 연호는 항상 그 자리에 있다가 필요할 때면 나타나 주었다. 또 민기는 자신의 행적을 연호가 몰랐던 적도 없었음을 생각해 냈다. 가족에게는 특급 비밀이었던 오디션에 대해서도 연호에게는 늘 다 이야기했다. 연호가 듣고 싶어 해서가 아니라 자신이 말하고 싶어서였다. 하지만 연호가 마음을 털어놓을 수 있는 상대가 돼 준 적은 없었다.

역 근처에 다다른 민기는 준희에게 전화를 걸었다.

"어, 연호 찾았어."

전화를 받은 준희가 말했다. 민기는 무언가 빼앗긴 기분이 들었다.

"어딘데?"

"스타 코노, 그때 그 노래방 옆 건물이야."

연호가 혼자 노래방에 갔을 거라곤 전혀 생각하지 못했다.

"지금 같이 있냐?"

둘이 함께 노래를 부르던 모습이 떠올랐다.

"아니, 나는 밖에 있어. 얼른 와."

발목 때문에 뛸 수 없는 게 답답했다. 민기는 허둥지둥 노래방으로 갔다. 무리를 해서인지 발목이 아파 저절로 절뚝거려졌다. 노래방 안내대 옆 소파에 앉아 있던 준희가 민기의 발을 보았다.

"축구하다 다쳤어. 별거 아냐. 연호는 어디 있는데?"

준희가 고갯짓으로 방 하나를 가리켰다. 민기는 그쪽으로 갔다. 문에 난 둥그런 창으로 안을 들여다보니 연호가 혼자 노래를 부르고 있었다. 민기는 다짜고짜 문을 열고 안으로 들어갔다. 연호가 노래를 멈추었다. 별로 놀라는 것 같지도 않았다.

"야, 너 학교도 빠지고 여기서 뭐 하는 거야!"

집 나간 동생을 찾은 오빠처럼 민기가 소리를 질렀다. 격의 없는 사이라는 걸 준희에게 보여 주고 싶었지만 연호의 눈길은 민기 어깨너머에 가 닿았다. 돌아다보니 어느새 준희가 다가와 있었다. 연호가 있는 곳을 알려 줬으면 이제 그만 갈 일이지 옆에 와 있는 준희가 거슬렸다.

"조연호, 너 나랑 얘기 좀 해."

안으로 들어가 앉은 민기는 어정쩡한 자세로 서 있는 준희에게 가라고 눈짓했다. 우리 둘이 할 이야기가 있다고. 준희가 테이블 위에 놓여 있는 이어폰을 집어 들곤 돌아서려는 순간 연호가 준희에게 탬버린을 건넸다. 그건 가지 말라는 말보다 더 강력한 행동이었다. 준희가 민기 옆에 앉자 연호는 잠시 멈추었던 노래를 다시 부르기 시작했다. 셋이 있자 작은 방이 꽉 찼다.

민기는 연호에게 슬슬 화가 치밀어 올랐다. 무엇보다 깁스를 한 발로 찾아온 것도 몰라주는 게 서운했다. 머리로는 자리를 박차고 일어나 나가는 모습을 그렸지만 몸은 조금도 움직여지지 않았다. 민기는 준희 앞에서 오빠처럼 가족처럼 연호를 혼내고, 연호가 자신에게 의지하는 모습을 보여 주고 싶었다. 하지만 연호는 벼랑 끝에 서 있는 것처럼 절박한 모습으로 노래를 부를 뿐이었다. 그게 마음속 이야기라면 연호는 민기에게만이 아니라 준희에게도 들려주고 있는 셈이다.

몇 곡을 거푸 부른 연호는 쓰러지듯 자리에 앉았다. 슬며시 나갔던 준희가 캔 음료를 들고 와 테이블 위에 내려놓았다. 민기는 그중 하나를 따서 연호에게 주었다.

"노래 부르다 죽을래? 도대체 어디 있었던 거야? 어디서 쓰러진 줄 알고 얼마나 걱정했는지 알아?"

아, 마지막 말은 준희가 아까 한 말이다. 연호는 민기 말을 무시한 채 음료수를 마셨다.

"노래 부르는 거 보니까 이제 다 나은 것 같네. 내일은 학교에 와라."

준희 말에 연호가 빈 캔을 내려놓으며 대꾸했다.

"나 이제 학교 안 다닐 거야."

"뭐?"

민기와 준희가 동시에 외쳤다.

"니들 내 형편 알잖아. 할머니 혼자 놔두고 어떻게 학교에 다녀."

연호는 표정도 말투도 삐딱했다.

"지금은? 학교도 안 가고 할머니 혼자 놔두고 뭐 하고 있는 건데!"

민기가 버럭 소리를 질렀다.

"나 알바 구했어. 그래서 자축하러 온 거야."

연호의 태도엔 변화가 없었다.

"알바면 학교 다니면서 해도 되잖아."

준희가 꾹꾹 다져 누르는 듯한 목소리로 말했다.

"학교도 그만두고 알바하면 할머니 맘이 편하실 것 같냐? 중학교 중퇴하면 나중에 결혼도 못 해."

민기 말에 연호가 피식 웃으며 대꾸했다.

"뭐래. 누가 결혼 같은 거 하기나 한대."

민기는 냉소적인 연호의 태도에 조바심이 일었다. 학교도 안 다니겠다는 아이한테 드림박스 이야기를 하는 건 눈치 없는 짓이겠지?

"야, 중학교는 의무 교육인 거 몰라? 너 국민의 4대 의무 안 배웠어?"

민기는 자기가 해 놓고도 참 말 잘했다고 생각하고 있는데, 준희가 불쑥 말했다.

"조연호, 너 그러지 말고 드림박스에서 연락 왔다는데 한

번 가 보지 그러냐."

연호가 멀뚱거리는 얼굴로 준희를 바라보았다. 민기는 선수를 놓친 게 아쉬웠다. 하지만 대화의 대세를 잡을 기회였다.

"그거, 이 오빠가 지난번에 노래 부른 거 녹음해서 드림박스에 보낸 거야. 그랬더니 너 한번 보자고 연락이 왔어. 내가 데려다줄게. 나, 드림박스에 여러 번 가 봤잖아. 주 대표도 알고 김 실장도 잘 알아."

그건 준희가 할 수 없는 일이다.

"거기 가기만 하면 가수 되는 거야? 내 얼굴은 견적이 많이 나와서 성형 수술도 안 된다며."

연호가 빈정거리듯 말했다.

"그거야 그렇지만 강훈처럼 신비주의 전략으로 가다가 실력으로 뜨는 수도 있잖아."

아무리 급한 상황이어도 예쁘다는 말은 나오지 않았다.

"너 지금 연호더러 가라는 거야, 말라는 거야. 가수가 노래 잘하면 되지, 생긴 건 왜 따지는데."

준희가 핀잔을 주었다.

"이준희, 모르면 가만히 있지 그래. 내가 연예계를 좀 알거든. 그 바닥에선 예쁘고 잘생긴 게 실력보다 우선이거든."

민기가 자신만만한 말투로 준희에게 퉁바리를 주었다.

"얘들아, 난 지금 되지도 않을 일에 힘 뺄 기운 없어. 그럴 기운 있으면 돈 벌어야 돼. 민기 너, 내가 그렇게 걱정되면 너네 엄마한테 집에서 하는 부업거리 좀 알아봐 달라고 해."

연호는 자존심도 다 버리기로 한 것 같았다. 민기는 연호가 준희 앞에서 그런 이야기까지 하는 게 못마땅했다. 연호에게 화를 내려는 순간 갑자기 준희가 소리를 버럭 질렀다.

"조연호! 너 노래 부르고 싶잖아. 노래 부르고 싶어 죽겠잖아. 그런데 왜 기회를 놓치려고 하는 거야!"

연호가 움찔하더니 준희에게 시선을 고정시켰다. 연호가 노래 부르는 걸 아주 싫어한다고 생각해 왔던 민기는 속마음을 들킨 듯한 연호 표정에 놀랐다.

나보다 더 나를 아파하는 사람

연호가 병원에서 정신을 차렸을 때 가장 먼저 눈에 들어온 사람은 담임 선생님이었다. 준희가 찾아온 게 생각나 주위를 둘러보았지만 눈에 띄지 않았다.

"준희는 갔어. 좀 괜찮니?"

선생님이 보던 책을 덮으며 말했다. 연호는 팔에 꽂힌 주삿바늘을 보았다.

"영양제 맞는 거야. 심한 스트레스에 몸살이 겹쳐서 탈진한 거라니까 걱정 안 해도 돼."

선생님이 연호의 손을 잡았다. 연호는 그 손을 슬그머니 빼냈다. 자신은 기억하지 못하는 시간을 지켜본 사람이 있다는 게 편치 않았다. 준희는 어디까지 본 걸까. 거짓으로 가렸던 치부를 선생님에게 들켜 버린 것도 창피했다.

이젠 학교에 가지 않을 거야. 쓰러지면서 다짐했던 말이 구원처럼 떠올랐다. 그래, 이젠 학교에 가지 않을 거니까 괜찮아. 연호는 그 한 가지 생각으로 숨고 싶은 마음을 달랬다. 집에 데려다준 선생님에게 "고맙습니다. 안녕히 가세요."라고 한 인사는 영원한 작별 인사였다. 그래서 연호는 선생님이 사 준 죽과 과일도 순순히 받아 들었다.

그 사이 민기 엄마가 집을 치워 놓았다. 연호는 선생님이 간 뒤에야 준희의 이어폰이 주머니에 들어 있는 걸 알았다. 주사 맞는 동안 들으라고 준희가 놓고 간 거라고 했다. 선생님은 자기 휴대폰에 연결한 이어폰을 연호에게 건네주었다. 연호는 선생님과의 단절을 위해 이어폰을 귀에 꽂았다. 선생님의 음악 리스트는 의외로 다채로웠다.

연호는 준희와도 더는 만나고 싶지 않았기에 이어폰은 민기를 통해 돌려주기로 했다. 근처에 사는 민기와는 가끔이라도 어쩔 수 없이 부딪칠 것이다. 세상에서 사라지지 않는 한 그 정도는 감수할 수밖에 없다.

"핵교 갈 수 있겄냐?"

하루를 더 쉰 다음 날 아침, 머리를 감고 들어온 연호에게 할머니가 물었다. 영양제를 맞고 약과 음식을 먹어서인지 움직일 만했다. 학교에 가려고 머리를 감은 건 아니지만 계속 누워 있기는 진력이 났다.

"가야지."

연호는 마음과 다른 대답을 했다.

"그려. 핵교 오래 빠지면 못 쓰니께 오늘은 가야 쓰겄지야. 갔다가 정 힘들면 조퇴하고 오너라잉."

"할머니, 여기 죽 꺼내 놓았으니까 드셔. 바나나도 잡숫고."

연호는 대답 대신 죽이 든 캔과 바나나를 할머니 옆에 놓아두고 집을 나섰다. 티셔츠에 청바지를 입었지만 할머니는 알지 못했다.

"선상님헌티 핼미가 고맙다고 하더라고 꼭 전해야 쓴다이. 그라고 병원비가 을매가 나왔는지 드리고 와."

할머니가 주머니를 털어 만 원짜리 세 장을 꺼내 주었다. 아마 할머니의 전 재산일 것이다.

집을 나선 연호는 사복 차림으로 나온 걸 후회했다. 지나가는 사람들이 학교 빠지고 어디 가느냐고 묻는 것 같았다. 하지만 학교에 있을 시간에 교복 입고 돌아다니는 것도 불편하긴 마찬가지일 것이다. 연호는 마을버스를 탔다.

'누가 물으면 현장 학습 가는 거라고 하지 뭐.'

지하철로 갈아탄 연호는 로데오 거리와 가까운 역에서 내렸다. 집과 학교로부터 떨어진 그 거리는 아이들이 옷을 사거나, 영화를 보거나, 맛집을 찾아서나, 또 그냥 놀려고 오는 곳이다. 연호도 중학교 입학 전에 엄마와 할머니와 온 적이 있었다. 가방과 신발을 산 다음 푸드 코트에서 돈가스를 먹고, 셋이서 스티커 사진을 찍었다. 엄마는 할머니에게 돈가스를 썰어 주며 돈을 더 잘 벌고, 집에도 더 자주 올 거라고 했다. 그땐 모든 게 더 좋아질 줄 알았다. 하지만 돌이켜보면 그 순간에도 할머니의 시력은 나빠지고 있었고, 엄마의 빚은 늘어나고 있었다. 그래서 아이들이 로데오 거리로 놀러 나갔던 이야기를 하면, 연호는 나도 가 보았다는 자족감보다는 이미 마수를 드리우고 있던 불행의 그림자가 먼저 떠오르곤 했다.

지하철역을 빠져나온 연호는 무엇을 해야 할지 막막했다. 거리의 상점들은 아직 문을 열지 않은 곳이 많았다. 문을 열었다고 해서 들어갈 일이 있는 것도 아니었다. 연호는 자기 발로 왔으면서도 누군가에게 끌려온 기분이었다.

연호는 망설이다 피시방으로 갔다. 할머니가 준 돈이 있었고 갈 만한 데라곤 거기뿐이었다. 학생이라면 첫 시간을 준비하고 있을 시간에 피시방에 들어가는 자신의 목덜미를 누군가 낚아챌 것 같아 겁났지만 그런 사람은 없었다. 아니, 피시방의 어느 누구도 연호에게 관심을 갖지 않았다. 담배 냄새와 라면 냄새가 가득 밴 피시방엔 밤을 샌 사람들이 부스스한 몰골로 앉아 있었다. 되돌아 나가고 싶은 마음을 거리에 쏟아지는 환한 아침 햇살이 눌러 버렸다. 그 거리에 있는 것보다는 피시방이 편했다.

배정받은 자리에 앉아 마우스를 잡자 오랜 친구를 만난 것처럼 설레었다. 인터넷이 끊긴 뒤로 연호는 컴퓨터를 하지 못했다. 휴대폰도 마찬가지였다.

연호는 새로운 세상을 연결하듯 로그인을 했다. 수십 통이 넘는 새 편지가 스팸임을 뻔히 알면서도 연호는 우선 메일함을 열어 보았다. 예상대로 스팸 메일로 가득했다. 훑어보던 연호는 블루버드란 아이디와 '연호야, 어디 있니?'라는 제목의 메일을 발견했다. 보이스 피싱 같은 거 아닐까. 연호는 의심하면서도 메일을 클릭했다. 뜻밖에 담임의 편지였다. 날짜를 보니 아파서 결석했을 때, 선생님이 집으로 찾아오기 전에 보낸 거였다.

연호야, 담임 샘이야. 네 전화도, 집 전화도, 어머니 휴대폰도 되지 않아 혹시나 하고 메일을 보낸다. 왜 학교에 안 나오는 건지 궁금하구나. 어디 아픈 거니? 아니면 무슨 일이 생긴 거니? 선생님이 기다리고 있으니까 메일 보는 대로 전화해 줘. 전화하기 불편하면 메일이라도 보내 줘. 무슨 이야기든 괜찮으니까 편하게 말해. 그리고 내일은 학교에서 만날 수 있기를 바란다.

이제 선생님도 결석한 이유를 알았으니 답장은 하지 않아도 되겠지. 연호는 그 편지만 남기고 다른 스팸 메일들을 삭제했다. 그다음 망설이다 자기 블로그를 열어 보았다. 연호는 전체 비공개인 그곳에다 책에서 읽은 좋은 구절이나 일기 등을 쓰곤 했다. 편안하게 마음을 펼쳐 놓을 수 있었던 블로그는 인터넷이 끊기면서 버려진 곳이 되었다. 연호는 사이버 공간에 버려진 블로그처럼 자신도 현실에서 버려진 아이가 된 것 같았다.

연호는 남의 것처럼 낯설게 느껴지는 지난 일기를 읽어 보았다. 1년 전이 아득하게 여겨졌다. 그때의 연호는 나중에 자신이 학교를 빠진 채 피시방에서 그날의 일기를 들여다보리라곤 상상조차 하지 않았다. 다이어리에는 '우연이란 노력하는 사람에게 운명이 주는 선물이다.', '사람이란 결코 자기가 생각하는 것만큼 행복하거나 불행하지 않다.' 따위의 구절들이 적혀 있었다. 어디에서 보고 옮겨 적었던 모양이다. 그냥 마음에 들어선지, 또는 내용에 동의하거나 기대하는 심정으로 옮긴 건지 기억이 나지 않았다.

연호는 새 게시글 창을 띄워 놓고 오래도록 자판 위에 손을 올려놓고 있었다. 하지만 한 글자도 쓰지 못한 채 블로그를 폐쇄했다. 자신에게 허락했던 그 알량한 공간조차 세상에서 사라졌다. 연호는 그 뒤 유랑자처럼 인터넷 세상을 돌아다니며 시간을 보냈다.

거리에 사람들이 많아졌을 즈음 피시방을 나온 연호는 주머니 속에 있는 이어폰을 만지작거리다 귀에 꽂았다. 와이파이가 안 되는 곳에선 음악을 들을 수 없는데도 그냥 꽂고 있었다. 비록 남의 물건이지만 자기 것인 양 만족감이 느껴졌다. 연호는 옷과 신발, 가방은 물론이고 가판의 액세서리까지 보는 것마다 사고 싶었다. 할머니한테 받은 돈이 남아 있지만 집의 전 재산일지 모르는 그 돈을 더 쓸 용기는 나지 않았다.

연호는 그동안 시내를 쏘다니는 아이들을 경멸하고, 옷 타령, 신발 타령하는 민기를 한심하게 여겨 왔다. 하지만 연호가 진정으로 바란 건 그 애들처럼 사는 거였다. 부모를 졸라 옷과 신발을 사고, 참고서값을 속여 피시방에 가고, 시험 점수를 놓고 휴대폰이나 용돈을 흥정하는 것. 어느 것도 할 수 없었던 연호는 아이들을 경멸하고 한심해하는 걸로 위안 삼았다. 아이들과 자신의 처지를 비교할 일 없는 거리에서 연호는 해방감을 느꼈다.

이틀째는 시간이 더 수월하게 흘러갔다. 저녁때 낯선 번호로 전화가 걸려 왔다. 연호는 혹시 엄마일 수도 있다는 생각에 떨리는 마음으로 전화를 받았지만 담임 선생님이었다.

"아직도 몸이 안 좋니? 기말고사 앞두고 너무 빠지면 안 되니까 내일은 학교 나와. 정 힘들면 양호실에서 쉬든가, 조퇴하더라도 일단 등교해."

연호는 그러겠다고 대답하곤 전화를 끊은 뒤 번호를 차단했다.

다음 날 삼각 김밥을 사 먹으러 들어간 편의점에서 연호는 아르바이트생 모집 공고를 보았다. 눈앞이 환해지는 것 같았다. 이젠 학교를 다니지 않을 거니까 얼마든지 취직할 수 있다.

"언니, 여기서 알바하려면 어떻게 해야 돼요?"

연호는 계산을 하며 점원에게 물었다.

"여긴 미성년자는 안 뽑아요. 패스트푸드점은 부모님 동의서 있으면 고등학생도 시켜 준다던데……."

점원은 연호가 고등학생인 줄 알았다.

연호는 패스트푸드점을 돌아다녔지만 열여섯 살짜리를 채용하겠다는 곳은 없었다. 부모님의 동의서가 있어도 고등학생은 돼야 한다고 했다.

"중학생은 알바 찾기 힘들 거야. 학생, 대신 광고지 돌리는 거 해 볼래?"

마지막으로 간 피자 가게에서 연호는 일거리를 찾았다. 개업한 지 얼마 안 된 곳인데 거기도 부모님 동의서는 필요했다. 연호는 다음 날 동의서를 내고서 알바를 시작하기로 했다. 집으로 돌아가는 지하철을 타자 곧 돈을 벌 수 있다는 생각에 설렜다.

지하철 안은 하교하는 아이들로 시끄러웠다. 연호는 자기 또래 아이들을 훔쳐보았다. 비슷비슷한 교복을 입은 아이들은 아무 고민 없는 얼굴로 재잘거렸다. 별것도 아닌 이야기에 허리를 잡고 웃었고, 주위 사람들이 눈살을 찌푸리거나 말거나 떠들며 장난쳤다. 잔 구김 하나 없이 밝고 환한 모습이었다. 늘 누가 알아볼까 두려워 위축돼 있는 자신과 비교가 되었다. 이젠 그런 학교생활마저 끝내야 한다고 생각하자 마음이 저려 왔다.

학교를 그만두면 기초 환경 조사서에 썼던 '회사원'조차

가당치 않은 꿈이 될 것이다. 광고지 돌리는 일이 새로운 시작이라고 설렜던 스스로가 딱했다. 높은 산에서부터 덩치를 불리며 굴러 내려온 눈덩이처럼 커다랗고 싸늘한 무언가가 연호의 마음을 덮쳤다. 비명 대신 울음이 터져 나오려고 했다. 연호는 울음을 간신히 참으며 지하철에서 내리자마자 코인 노래방으로 뛰어 들어갔다. 가끔 혼자 가서 노래를 부르던 곳이었다.

연호는 비명을 지르거나 우는 대신 기계에 돈을 넣고 노래를 부르기 시작했다. 이 모든 걸 털어놓을 사람이 세상에 단 한 명만이라도 있었으면. 내 비명과 울음을 들어 줄 사람이 단 한 명이라도 있었으면. 담임 선생님이 떠올랐지만 찾아가기에는 볼 낯이 없었다. 선생님이 내민 손을 이미 너무 많이 거절했다. 연호는 노래를 부르고 또 불렀다. 한 소절, 한 소절마다 꾹꾹 눌러둔 아픔과 슬픔과 외로움이 실렸다.

한참 동안 노래를 부르던 연호는 안을 들여다보고 있는 준희와 눈이 마주쳤다. 연호는 마이크 든 손을 떨어뜨린 채 준희를 보았고 준희도 눈길을 피하지 않았다. 연호는 자신을 보는 준희의 눈빛에서 다 이해받은 느낌이 들었다. 준희가 안으로 들어오자 주머니 속의 이어폰이 떠올랐다. 연호는 훔친 물건의 주인을 만나기라도 한 듯 허둥대며 이어폰부터 꺼내 내밀었다.

"그날 깜빡 잊고 선생님 못 드렸어. 민기한테 주려고 했는데 못 만나서……."

연호는 자기도 모르게 변명했다. 이어폰을 받은 준희가 의자에 앉았다. 그러곤 한심해하는 표정으로 말했다.

"학교는 안 온 애가 여기서 뭐 하냐?"

방금 전에 느꼈던, 날 다 이해하는 것 같던 눈빛은 착각이었을까.

"무슨 상관."

연호가 내뱉듯이 말했다.

"야, 나도 니 일에 상관하고 싶지 않아. 선생님이 나더러 너 찾아보라고 해서 온 거야."

준희 목소리도 연호 못지않게 뚝뚝했다.

"언제부터 그렇게 선생님 말을 잘 들었다고."

연호가 혼잣말로 중얼거렸다. 잠시 침묵이 흘렀다. 그 사이 연호는 준희가 선생님과 왔던 날을 생각하고 있었다. 준희가 보았을 것들이 떠오르자 그 자리에서 사라지고 싶었다. 그때 부르다 만 노래의 반주가 끝나고 100점 축하 팡파르가 울렸다. 연호 입에서 실소가 터져 나왔다.

"이 노래방 되게 웃긴다. 다 불렀을 때는 기껏해야 80점

주더니 반도 안 불렀는데 100점을 주네. 이준희, 너도 한번 불러 봐라. 몇 점 나오나 보게."

연호가 어처구니없어 하며 말했다. 삶이 이런 거라고 노래방 기계가 가르쳐 주는 것 같았다.

"조연호. 너 지금 힘든 건 알겠는데, 이런다고 달라지는 게 있어? 니가 이 세상에서 가장 불행한 것 같겠지만 알고 보면 너만 불행한 것도 아냐."

준희가 정색을 하고 말했다. 준희 말은 연호가 1년 전 블로그에 옮겨 적었던 글귀 같았다.

"그 말 지금 위로라고 하는 거니? 그런데 왜 하나도 가슴에 와닿지 않을까. 꼭 도덕 교과서 읽는 것 같다."

연호는 어깃장을 놓고 있었다. 준희가 자신의 현실을 다 보고서도 그런 말을 하는 게 비위를 긁었다.

"경험자가 하는 말이니까 새겨들어."

어른처럼 구는 준희의 말을 듣는 순간 울컥 화가 치밀었다.

"경험자? 니가 무슨 경험을 했는데? 난 아빠 얼굴도 몰라. 사고뭉치 엄마는 자기 마음 내킬 때나 한 번씩 들여다봐. 할머니는 앞이 안 보여. 너 우리 집 봤지? 꼭 무덤 같아. 지옥 같다고. 그런데 나만 불행한 게 아니라고! 나 같은 애들이 또 어딨는데?"

연호는 그게 준희 탓인 양 쏟아부었다. 하필 지금 준희가 이 자리에 있는 것뿐이야. 누구였대도 이렇게 했을 거야.

"보이지 않는다고 없는 건 아니야. 나도 한동안 내가 가장 불행하다고 생각했어. 이유는 너도 알 거야."

준희는 용케 차분함을 유지하고 있었다. 내 형편을 알았으니 이 정도는 참아 줄 수 있다는 거야, 뭐야. 연호 눈엔 자기보다 못한 사람에게서 위안을 느끼며 위선 떠는 걸로 보였다.

"너 지금 얼굴에 있는 점 따위 가지고 다 아는 것처럼 떠드는 거야? 좀 도와줬다고 맘대로 끼어들어도 되는 줄 아나 본데 그만 꺼져 줄래."

이제 학생인 준희와 만날 일은 없을 것이다.

준희 얼굴이 굳어졌다. 연호는 썩은 미소를 날렸다. 고작 그만한 이야기에도 표정 관리 못 하는 주제에 남을 위로하려 드는 게 가소로웠다. 연호는 준희가 일어나서 가 버릴 줄 알았다. 잠시 침묵하고 있던 준희는 숨을 크게 내쉬더니 입을 열었다.

"맞아. 어릴 땐 이 점 때문에 죽을 만큼 괴로웠어. 애들하고 치고받고 싸우기도 많이 했어. 근데 입양아란 사실에 비하면 점은 그까짓 거에 불과하단 걸 알았을 때 어땠겠냐?"

"이, 입양아? 누가? 니가?"

준희의 느닷없는 말에 당황한 연호가 더듬거렸다. 잠깐 멈칫했지만 준희는 말을 이어 나갔다.

"민기가 얘기 안 했냐? 보기보다 입이 무겁네. 난 입양아야. 것도 데려온 아이라는 걸 나도, 남도 다 아는 공개 입양아. 이젠 내 말 이해하겠어?"

전에 민기가 준희를 동네에서 유명했다고 한 적이 있었다. 점 때문인 줄 알았는데 입양을 말한 거였나 보다. 처음에 동족이라고 느꼈던 것도 그래서였을까. 연호는 몰랐다고 사과를 해야 할지, 그래도 나보다 낫다고 위로를 해야 할지 말문이 막혔다.

"너 말고도 불행한 사람이 많다고 한 건 그 사람들을 이해하라는 말이 아니야. 그렇게 생각하면 좀 쉬워지니까, 그래서 조금이라도 편해지라고 말한 거야. 그리고 내가 오늘 너 찾으러 다닌 건 니 일에 참견하고 싶어서가 아니라 담임 샘 때문이야. 지난번에 너 쓰러졌을 때, 병원에서 담임이 울었어. 왜 울었는지는 모르겠지만 그날 샘이 한 말이나 행동은 모두 진심 같았어. 그게 느껴지더라. 니가 그 진심만큼은 알았으면 좋겠어."

말을 마친 준희가 일어서서 나갔다. 연호는 갑자기 세상에 혼자 남겨진 것처럼 허전했다. 그 감정에 어찌할 바를 몰라 하다 연호는 다시 노래를 부르기 시작했다. 가 버린 줄 알았던 준희는 얼마 뒤 민기와 함께 돌아왔다.

준희가 민기를 부른 걸까. 준희는 왜 다시 온 거지. 머릿속이 복잡해 민기가 하는 말이 제대로 들리지 않았다. 준희는 두고 간 이어폰을 가지러 온 거였다. 연호는 이어폰을 찾아 다시 나가려는 준희에게 탬버린을 건넸다. 자기도 모르게 한 행동이었다. 왜 준희를 붙잡았을까.

"너, 노래 부르고 싶잖아."

그 말을 듣기 위해서였을까.

준희의 말은 맹수의 발톱처럼 연호의 심장을 파고들어 갈가리 찢어 놓았다. 그 아래 숨죽이고 있던 노래에 대한 열망이 모습을 드러냈다.

"노래 부르고 싶어 죽겠잖아."

가둬 두었던 열망은 준희의 말을 응원 삼아 맹렬한 기세로 자라기 시작했다. 연호는 도망치고 싶었다. 그 마음을 인정하면 꼼짝없이 불행한 운명의 수레바퀴에 올라타게 될 것 같았다.

만남

기말고사가 끝나는 날 준희는 이모를 만났다. 준희가 드림박스 근처 카페로 갔다. 사람들로 붐볐지만 준희는 걱정하지 않았다. 자신에게는 점이라는 표시가 있다.

자리에 앉은 지 얼마 안 돼 누군가 옆에 와 섰다. 준희는 천천히 고개를 들었다. 준희는 이모를 보면 단숨에 엄마라는 특별한 감정을 느낄 수 있을 거라고 생각했다. 그런데 앞에는 이모가 대신 보낸 직원 같은 젊고 세련된 여자가 서 있었다. 준희는 엉거주춤 일어섰다.

"많이 컸네."

이번엔 그 사람이 준희를 올려다보며 말했다. 이모임을 알자 준희는 사람들로 북적대는 곳이 싫어졌다.

"여긴 너무 시끄러운 것 같아요. 다른 데로 가고 싶어요."

인사 대신 준희가 말했다. 준희는 이모 차를 탔다. 담임 선생님 차를 탔을 때보다 더 불편했다. 음악도 없이 침묵을 견뎌야 하는 일이 힘들었다.

"뭐 먹고 싶은 거 있어?"

이모가 앞을 본 채 물었다.

"아뇨. 배 안 고파요."

이모와 단둘이 마주 앉아 음식을 먹다간 체할 것 같았다.

"그럼 드라이브나 하자."

얼마 뒤 차는 강을 따라 달리기 시작했다. 강이 있는 풍경은 마음에 여유를 주었다. 그리고 마주 보며 이야기하는 것보다 편하게 말이 나왔다.

"결혼, 하셨어요?"

앞을 보며 준희가 물었다. 나이로 치면 결혼하고도 남았겠지만 이모에게는 엄마나 주위 아줌마들 같은 분위기가 없었다.

"했는데 지금은 같이 안 살아."

뜻밖의 질문이었을 텐데 이모는 당황하지 않고 말했다.

"왜요?"

준희는 별로 예의를 차리고 싶지 않았다.

"절대 양보할 수 없는 것에 대해 떨어져서 생각해 보기로 했거든."

이모는 무슨 질문을 받을지 알고 나온 사람처럼 선선히 대답했다.

"그게 뭔데요?"

준희의 말투는 공격적이었다. 자신을 버린 사람이니 이모에게는 함부로 굴어도 된다는 생각이 마음 한구석에 자리했다. 준희는 이모가 보여 줄 마음이 두려우면서도 기대됐다. 이모는 잠시 침묵했다. 준희는 앞을 바라본 채 대답하기 싫으면 그만두라고 했다.

"그 사람은 아기를 원했고, 나는 원하지 않았어."

이모는 담담한 목소리로 말했다.

이모를 만나러 오는 길, 준희는 이모가 자기를 붙잡고 울까 봐 걱정됐다. 같이 울어야 하나, 울지 말라고 위로해 줘야 하나, 버릴 때는 언제고 이제 와서 우느냐고 따져야 하나. 준희는 속으로 상황을 그려 보기까지 했다. 그런데 오래간만에 준희를 보고서도 침착함을 잃지 않는 이모를 보자 심사가 뒤틀렸다. 아기를 낳으면 기억하기 싫은 과거가 떠오르겠지. 그 과거는 다름 아닌 준희, 자신이다. 준희에겐 이모의 침착함이 낳기도 전에 포기한 자식과 거리를 두려는 의도로 보였다. 준희는 이모의 상처를 헤집고 싶었다.

"왜 아기를 원하지 않았는지 물어봐도 돼요?"

준희가 물었다. 그 아기는 준희 자신이기도 했다.

"……내 아기는 너 하나면 됐다고 생각했단다."

준희는 예상치 못한 대답에 잠시 머릿속이 휘청했다. 곧 이어, 누구 맘대로 내 아기라는 거예요, 라고 쏘아붙여야 한다는 생각이 들었다. 하지만 이모의 말은 모래성을 허물어뜨리는 물결처럼 준희의 마음속에서 일어나던 감정을 한꺼번에 무너뜨렸다. 준희는 자기도 모르게 이모의 옆모습을 바라보았다.

"또 다른 아이를 키우면서, 너를 그리워할 일이 무서웠어."

이모는 여전히 차분한 어조로 말했다.

"어렸을 때 나 만났던 거 기억나니?"

이모가 힐끗 돌아다보았다. 준희는 눈이 마주치기 전에 얼른 얼굴을 앞으로 했다.

"어렴풋이요. 그 뒤로 왜 만나러 오지 않았어요?"

준희는 그 말에 원망이 섞인 것 같아 마음 쓰였다.

"네 부모님은 언제든지 너를 보러 와도 좋다고 하셨지만 네가 커 가면서 차츰 그 일이 버거워지기 시작했어. 네가 혼란스러워할 것도 걱정됐고."

어른들은 뭐든 자기 마음대로다. 그러고는 널 위해서라고 한다. 세상에 나올 때도, 부모님의 자식으로 입양될 때도, 생모를 만나는 것도, 못 만나는 것도 준희 뜻대로였던 적은 한 번도 없었다. 지금 만난 것도 따지고 보면 이모한테서 먼저 전화가 왔기 때문이다.

"그럼 왜 다시 연락한 거예요?"

준희는 따지듯 물었다.

"사실은 네 아버님이 찾아오셨어. 네가 음악을 하고 싶어 하는데 아는 게 없어서 도와줄 수 없다고. 내가 도와줬으면 한다고. 음악 하고 싶은 거 맞니?"

조금씩 속내를 드러내 보이던 이모는 다시 처음으로 돌아간 것 같았다. 준희는 이모가 자신을 오디션 보러 온 아이로 대하는 것 같아 씁쓸했다.

"힙합을 좋아하긴 하지만 그냥 취미예요."

아빠는 어디까지 이야기했을까. 작년의 사건도 말했을까. 음악 한답시고 질 나쁜 아이들과 어울려 다닌다고 했을 수도 있다.

"그럼 다행이다. 무엇이든 취미로 할 때 순수하게 좋아할 수 있고, 또 행복한 거야. 네 부모님은 네가 하고 싶어 하면 밀어주고 싶다고 하셨지만 죽어도 하고 싶은 일이 아니라면 난 말리고 싶어. 연예계라는 곳은 천국과 지옥이, 빛과 그림자가 뒤섞여 공존하는 곳이거든. 어둠 속에선 빛을 갈망하지만 정작 눈이 부셔 실상을 제대로 볼 수 없고, 빛의 세상에선 그 빛이 한순간에 추락할 수도 있는 어둠의 나락을 볼 수 없게 만들어. 천국과 지옥의 경계도 모호하고. 나는 네가 그런 곳에서 휘둘리고 상처받는 걸 보고 싶지 않아."

그런데 연호는 왜 오디션에 통과시켰지. 연호에게서 목숨을 걸 만큼의 열정을 발견한 걸까. 준희는 연호가 친구라는 사실을 밝히고 잘 봐 달라고 부탁하려던 생각을 지워 버렸다. 이모가 그래서 나온 거라고 생각하는 것도 싫었고, 자신과의 관계를 밝히는 게 연호와 이모에게 부담만 줄 것 같았다. 민기라면 몰라도 연호는 나중에 그 사실을 알아도 섭섭해하지 않을 것이다. 준희는 이미 자기 삶에서 천국과 지옥을 경험했을 연호가 새롭게 발을 디딘 세상에선 상처받지 않기를 조용히 빌어 주기로 했다.

이모가 강변 주차장에 차를 세웠다. 평일인데도 공원엔 놀러 나온 사람들이 많았다. 두 사람은 강이 보이는 벤치에 앉았다.

"뭣 좀 먹을래?"

이모가 또 물었다.

"배고프세요? 나는 괜찮은데."

"나도 생각 없어."

"마실 거나 사 올게요. 뭐가 좋으세요?"

이모는 물을 사다 달라고 했다. 준희는 이모가 돈을 주려고 하는 걸 마다하고 가게로 뛰어갔다. 생수와 이온 음료를 사고 계산을 하면서도 눈길은 자꾸 이모가 있는 쪽으로 향했다. 이모가 가지 않을 걸 알면서도 마음이 급했다. 준희는 생수 뚜껑을 따서 건네주었다.

둘은 나란히 앉아 말없이 강을 바라보았다. 준희는 망설이다 물었다.

"그런데 왜 날 낳았어요? 안 낳을 수도 있었잖아요."

가장 궁금했던 것이다. 이모가 고개를 숙이고 잠시 생각에 잠겼다.

"처음, 임신인 걸 알았을 때는 그저 겁나고 무서웠어. 네……."

이모는 준희 쪽을 한 번 보곤 말을 이었다.

"그런데 나랑 동갑내기였던 그 친구는 나보다 더 두려워했어. 아이는 학교를 졸업한 다음에 결혼해서 그때 다시 갖자고 했지. 다시는 그 애를 만나지 않았어. 부모님에게도 말할 수 없었어. 내게 어떤 강요를 할지 뻔했으니까. 어린 나이에 아무에게도 축복받지 못하는 임신을 한 게 겁나고 슬펐지만 내 배 속에 든 생명을 없애는 건 더 무서웠어."

혼자 얼마나 힘들고 무서웠을지 어렴풋이 짐작이 갔다. 혜지와 헤어지고 나서 가장 힘들었던 건 이별의 고통이 아니라 그 고통을 혼자 견디는 것이었다.

"나는 안젤라 수녀님의 도움으로 미혼모 쉼터에 들어갔어."

준희는 이모 모르게 안도의 숨을 내쉬었다. 안젤라 수녀님은 준희도 아는, 함께 있으면 저절로 마음이 편해지는 인자한 할머니 수녀님이었다.

"아기가 배 속에서 커 가는 동안 갈등이 많았어. 내가 키울 생각도 해 보았지만 자신이 없었어. 아무 능력도 없는 스물한 살짜리 여자애가 혼자 무슨 수로 아이를 키울 수 있겠어. 비혼모에 대한 세상의 편견에 맞설 힘도 없었고, 무엇보다 내가 낳은 아이를 내 삶의 걸림돌이라고 여기게 될까 봐 겁났어."

변명처럼 들리지는 않았다. 이모와 살았으면 편안했을까. 입양아와 비혼모의 아이 중 어떤 삶이 더 힘들지 알 수 없다.

"미안해, 준희야."

이모가 갑자기 벌떡 일어나더니 주차장으로 뛰어갔다. 준희는 차에 탄 이모가 운전대에 얼굴을 묻는 것을 보며 음료수를 마저 마셨다. 그리고 천천히 차 쪽으로 걸어갔다. 이모가 우는 게 좋기도 하고 싫기도 했다. 차 밖에 있던 준희는 이모가 울음을 그치고 화장을 고치는 것을 보고 차에 탔다. 준희가 채 문을 닫기도 전에 이모가 코맹맹이 소리로 말했다.

"사실은 널 위해서가 아니었어. 내가 남한테 손가락질받으며 사는 게 싫었던 거야. 그건 인생을 포기하는 일 같았어. 난 공부도 계속하고 싶었고, 내 또래의 아이들처럼 빛나는 청춘도 누리고 싶었고, 그리고 내 꿈도 이루고 싶었어. 비혼모로 주저앉고 싶지 않았어. 그래서 널 포기했던 거야."

이모의 뺨 위로 다시 눈물이 흘러내렸다. 준희는 이모를 비난하고 싶지 않았다. 이모가 나를 포기해서 더 힘들지는 않았다고 해 주고 싶었지만 말이 나오지 않았다.

"나를 미워하고 원망해도 좋아. 그게 당연한 거니까."

아니라는 말도 나오지 않았다. 또 시간이 흘렀다.

"하지만 네가 축복 속에서 태어났다는 것만은 알아줬으면 좋겠어. 비록 원하지 않았던 임신이고, 기뻐할 수 없었던 일이지만 너의 탄생만큼은 네 부모님의 간절한 기다림과 사랑 속에서 이루어졌어.”

눈물을 닦으며 이모가 말했다.

“우리 엄마 아빠는 왜 입양을 했던 거예요? 이미 자식도 있는데요.”

궁금했지만 입 밖으로 꺼낸 적 없던 질문이었다.

“너희 부모님은 처음부터 아이를 한 명만 낳고, 입양을 하기로 결심하셨대. 안젤라 수녀님이 그 뜻을 아시고 나를 연결해 주신 거야.”

“나를 처음 봤을 때 우리 엄마 아빠가 점 때문에 싫어하지는 않았어요?”

그것도 궁금했던 일이다. 다른 아이도 얼마든지 있었을 텐데 말이다.

“임신 중에 네 부모님을 만났어. 네 어머니는 내가 너를 낳을 때까지 가족처럼 날 챙겨 주셨지. 너는 그때부터 이미 그분들의 자식이었어. 아이를 골라 낳을 수 없는 것처럼 네 부모님도 너를 있는 그대로 받아들이신 거야.”

엄마 아빠가 공개 입양을 선택한 이유도 의문이었는데 이제 조금이나마 알 것 같았다. 준희가 이모의 아들이기도 한 걸 감추고 싶지 않아서였던 것 같다. 두 엄마를 가진 아이가 준희니까. 점을 받아들였듯이 그 사실도 당연하게 받아들인 거다. 준희만이 그 사실을 인정하지 않고 자신과 남들에게 상처를 주고 있었다.

감정을 추스른 이모는 다시 화장품을 꺼내 눈물 자국을 정리했다. 눈이 붓고 코끝이 빨개진 이모의 얼굴은 처음 봤을 때와 많이 달랐다.

해가 지고 있었다.

"이제 그만 가요. 엄마가 기다리겠어요."

준희가 말했다.

주머니 속의
고래

"정민기!"

연호였다. 학원에 가려고 집을 나서던 민기는 걸음을 멈추고 연호를 기다렸다. 큰길로 광역버스를 타러 가는 모양이다. 그동안 연호에겐 많은 변화가 있었다. 민기가 그렇게 쫓아다녔어도 합격하지 못한 드림박스 오디션을 세 번 만에 통과했다. 기획사 연습생도 되었다. 그리고 일주일에 두 번씩 복지 회관 자원봉사자가 집으로 와 할머니를 돌봐 주었고 반찬을 갖다주는 봉사자도 생겼다. 그렇게 되기까지는 연호 담임 선생님의 공이 컸다고 한다. 무엇보다 가장 큰 변화는 연호가 그런 일들을 고마운 마음으로 받아들이게 된 것이다.

"그러게 다 타고나야 한다니까. 연호 어디에 그런 끼가 있어 보여. 그래도 흐르는 피가 있으니까 된 거지. 너는 백날 해도 안 되니까 꿈 깨고 공부나 열심히 해. 알았지?"

연호네 일이 잘 풀려 한시름 놓은 엄마가 민기에게 못을 박았다. 그 못은 가뜩이나 쓰린 마음을 사정없이 찔러 댔다. 민기는 연호의 일을 자기 일처럼 기뻐할 수 있을 줄 알았다. 그런데 연호의 오디션 합격 소식을 듣는 순간 쓴 침이 입안 가득 괴었다. 연호 노래가 담긴 녹음 파일을 드림박스에 괜히 보냈다는 생각까지 들었다. 마치 연호에게 자기 걸 뺏긴 기분이었다. 민기는 그런 자신이 쪼잔한 것 같아 부끄러웠다. 그리고 남 잘된 일에 기쁨을 느끼는 행위가 꽤나 이성적인 것임을 처음 알았다.

"너는 복도 많은 놈이다. 연호가 잘되면 널 무시하겠냐. 내가 이삿짐 날라 준 거 안 잊어 먹겠지?"

현중은 연호와 가까운 사이인 걸 부러워했지만 민기는 연호가 전보다 훨씬 멀어진 느낌이었다. 한집에 살 때는 연호가 마치 친척 같았는데 이사 가고 나니 남인 게 분명해졌다. 묵묵히 민기의 비밀 창고 노릇을 하던 아이가 이젠 아니었다. 현중도 민기하고보다 오디션 보러 다니면서 친해진 아이들과 어울릴 때가 더 많았다.

"연습실 가냐?"

민기는 옆에 온 연호와 나란히 걸으며 물었다. 열기로 가득 차 있던 오디션장 풍경이 떠오르자 또 배 속 깊은 곳에서 쓴 물이 올라왔다.

"응. 방학 때는 날마다 나가야 돼."

민기는 생기 넘치는 연호를 바라보았다. 저렇게 예쁜 아이였나. 전에 날 좋아하는 눈치였을 때 사귈걸, 하는 후회가 밀려 왔다.

"재밌어?"

목에 걸린 그 말을 간신히 내뱉었다.

"멀어서 다니긴 힘들어도 회사에 가면 너무 재미있어. 배우는 것도 많고. 다른 연습생들 실력이 얼마나 좋은지 기가 팍팍 죽어."

연호 같은 애도 기가 죽는다는데 노래도 잘 못하면서 가수가 되겠다고 한 것부터 헛다리를 짚은 거다. 연기로 지원할걸. 버리지 못한 미련이 가슴 밑바닥에서 꼬물거렸다. 오디션 대신 보습학원이나 다니고 있는 자신이 패배자 같았다. 아빠의 감시가 무섭기도 했지만 자꾸 떨어지다 보니 의욕도 자신감도 줄어들었다.

"정민기, 착실하게 학원 다니는 거 보니까 이제 철든 모양이네. 공부 열심히 해."

큰길에서 헤어질 때 연호가 웃으며 엄마 같은 말을 했다. 민기는 꼬물거리는 미련을 눌러 버렸다. 오디션 보면서 주눅만 더 들 바에야 차라리 학원에서 하루를 보내는 게 속 편했다. 이제 민기만 정신 차리면 아무 걱정 없겠다는 엄마의 바람은 표면상으로는 이루어진 셈이다. 걱정이 곧 삶의 힘인 엄마는 집 지을 생각에 골몰했다. 아직 먼일이지만 엄마는 하루에도 몇 번씩 4층 건물을 세웠다 허물었다 하며 임대 사업이라는 달콤한 꿈을 꾸었다.

그런데 엄마의 꿈을 단번에 깨부수는 일이 일어났다. 자율 학습을 마치고 온 누나가 식구들을 모아 놓고 폭탄선언을 한 것이다. 5급 공무원 합격이 최종 목표인 누나는 일단 명문대를 들어가기 위해 밤낮없이 공부하는 중이었다. 가능성이 보이는 성적 하나로 집에서 제왕 노릇 하는 누나가 느닷없이 2년제 대학인 반려동물 미용관리학과라는 데를 지원하겠다고 했다. 엄마 아빠는 민주의 갑작스런 말에 어리둥절해 서로 바라보기만 했다.

민기는 전에 키우던 강아지가 죽었을 때 누나가 울고불고 했던 일이 기억났다. 초등학생 때니 오래전 일이다. 그 뒤로 민기가 햄스터며 미니 토끼를 사 달라고 엄마를 조를 때마다 민주는 난리를 치며 반대했다. 공부에 방해가 된다는 거였다. 민기네 집에서는 누나의 공부가 가장 중요했으므로 민기의 간청은 한 번도 받아들여지지 않았다. 엄마 몰래 병아리를 사 왔을 때도 민주는 눈길 한번 주지 않았다. 그래서 민기는 누나가 동물을 싫어한다고 생각했다.

"내가 왜 그랬는데. 몽구 때문이었어. 몽구 죽었을 때 내가 얼마나 마음이 아팠는 줄 알아? 그래서 다시는 동물을 키우지 않겠다고 맹세했던 거야."

"그거랑 네가 지금 개 미장원관가 뭔가 간다는 거랑 무슨 상관이 있어?"

아빠가 물었다.

"반려동물 미용관리학과라니까!"

민주가 소리쳤다. 내가 저렇게 버릇없이 굴었으면 벌써 사랑의 매가 날아왔을 거야, 하고 민기는 생각했다.

"어쨌거나 여태 잘해 오다가 갑자기 왜 이러는 거냐? 이제부터가 정말 중요하다는 거 너도 잘 알잖아. 왜, 너무 힘들어서 그래? 그럼 자율 학습 며칠 쉬든지. 머리 식히러 어디 여행이라도 다녀올까?"

아빠가 달래듯이 말했다.

"그런 식으로 넘기려 들지 마. 내 마음은 바뀌지 않을 거니까."

민주 표정에서 단단한 의지가 느껴졌다.

"그렇게 동물이 좋으면 수의사는 어때? 동물도 더 잘 돌봐 줄 수 있잖아."

엄마는 일단 화를 삭이는 눈치였다.

"엄마는 왜 그렇게 무식해. 문과에서 어떻게 수의학과를 가? 그리고 나는 동물이 아프거나 죽는 거 보고 싶지 않아."

민주가 팩하고 쏘아붙였다. 그 말은 엄마의 콤플렉스와 아킬레스건과 폭탄의 뇌관을 동시에 건드리는 말이었다.

"그래, 나 무식하다! 우리 아버지가 아들 대학 보내야 한다고 딸들은 고등학교만 다니게 했어. 그게 억울하고 서러워서 내 딸은 한껏 뒷바라지해서 고시 패스시키려고 했다. 그게 잘못이야? 아무리 무식한 엄마라고 해도 이렇게 뒤통수를 칠 수가 있는 거니!"

하지만 실제로 뒤통수를 맞은 사람은 민주였다. 아빠가 누나를 때린 것이다. 민기는 누나도 맞을 수 있다는 사실에 자기가 맞았을 때보다 더 큰 충격을 받았다. 한편으론 고소하기도 했다. 민기는 슬그머니 일어나 자기 방으로 들어갔다. 분위기가 안 좋을 때는 자리를 피하는 게 최고의 호신술이다. 하지만 멀리 가지는 않고 문에 달라붙어서 거실의 동정을 살폈다.

"어디서 부모한테 그따위 버릇없는 말을 해! 엄마 보고 무식하다니. 공부 잘하면 단 줄 알아? 먼저 인간이 돼야지!"

아빠가 숨을 몰아쉬며 말했다. 민기가 민주를 두고 누누이 했던 말이다. 그때는 내 말을 무시하더니. 그런데 아빠 말은 거짓이다. 5급 공무원이라는 누나의 꿈이 바뀌지 않았으면 더 싸가지 없게 굴었어도 봐줬을 거다. 아빠는 누나가 자기 희망을 짓밟으려는 것에 화가 난 거다.

"거짓말하지 마. 엄마 아빠는 내가 공부 잘해서 좋은 대학 가고 5급 공무원만 되면 되잖아. 내가 그럴 수 있을 것 같으니까 그동안 싸가지 없이 굴었어도 봐준 거잖아."

민주는 민기가 생각하는 걸 그대로 말했다. 조금도 기죽지 않고 아빠에게 대드는 누나가 은근히 멋있어 보였다. 그리고 대리 만족이 느껴졌다.

"뭐라고!"

아빠의 고함과 엄마의 말리는 소리와 누나의 비명이 뒤섞여 들렸다. 민기는 튀어 나가 아빠를 막았다. 민주를 향하던 손길이 민기 머리통을 때렸다.

"아씨, 때리지 말라고! 자꾸 폭력 쓰지 말라고! 자식 때리는 거 가정 폭력이라고!"

민기는 아빠를 꼼짝하지 못하게 꽉 끌어안고 고래고래 소리쳤다. 자신이 맞을 때는 하지 못한 말이었다. 가정 폭력이라는 말에 움찔했던 아빠 몸에서 힘이 풀리는 게 느껴졌다. 뒤엉켜 있던 네 식구는 다시 자리를 잡고 앉았다.

"너 갑자기 왜 이래? 오늘 학교에서 무슨 일 있었어?"

간신히 마음을 누른 듯한 엄마가 물었다.

민기 눈에도 민주가 평소 모습과 달라 보였다. 공부를 너무 해서 머리가 어떻게 된 모양이다. 동물이라면 질색하던 누나가 얼마 전 뜬금없이 고양이를 주워 왔을 때 알아봤어야 했다. 아니, 그러고 보니 뜬금없는 일만은 아니었다. 몽구가 아팠을 때 무관심한 가족 대신 누나가 저금통을 털어 병원에 데려갔던 일이 떠올랐다. 죽은 몽구를 쓰레기봉투에 넣어 버렸다는 사실을 알고 아빠와 한 달 동안 말하지 않았던 것도 생각났다.

"동물이 뭐, 갖고 놀다 고장 나면 버리는 장난감인 줄 알아?"

"걔네도 아픈 거, 사랑받는 거, 외로운 거 다 알아. 가족처럼 돌봐 줄 자신 없으면 아예 키울 생각 마."

민주는 민기가 동물을 키우는 것에 반대하는 이유를 여러 개 들었지만 엄마 아빠 마음을 움직인 건 '공부에 방해된다.'는 것뿐이었다.

갑자기 누나가 대성통곡을 하며 학교에서 있었던 일을 이야기했다. 부모와 진로 문제로 갈등을 빚던 친한 친구가 학교에서 자살을 시도했다고 한다. 민기 머릿속에 뉴스들이 스쳐 지나갔다.

"왜 부모들은 자식이 하고 싶은 걸 하게 두지 않는 거야. 체면이 자식 행복보다 더 중요해? 좋은 대학에만 가면 자식 마음이고 꿈이고 다 상관없어? 그게 무슨 사랑이야. 그동안 나는 아빠 엄마 꿈이 내 꿈인 줄 알고 내가 정말 하고 싶은 게 뭔지 생각도 안 해 보고 공부 기계로 살았다고. 나는 조금도 행복하지 않았어. 그 성적 유지하느라 늘 아등바등 살았다고. 내가 왜 아빠 엄마 한 풀어 주려고 이렇게 살아야 해? 내 인생은 내 거야!"

민기 일에 번번이 태클 걸고 초를 치던 누나가 저런 말을 하다니. 민기는 민주가 얄미우면서도 펑펑 우는 걸 보니 안된 생각이 들었다. 누나처럼 부모님 꿈을 대신하기 위해 아등바등 산 적은 없지만 누나 말 속엔 민기 마음을 대변하는 부분도 있었다. 문득 공부 기계로 산 민주 덕분에 자신은 지금까지 편하게 지냈다는 생각이 들었다.

민주는 다음 날 멀쩡한 얼굴로 평소와 다름없이 새벽밥을 먹고 학교에 갔다. 민기는 아빠 엄마와 함께 아침을 먹었다. 방학이지만 아빠 출근 시간에 맞춰 아침을 먹어야 했다. 누나에겐 새벽이고 한밤중이고 밥을 대령하면서 민기가 때를 놓치면 갖은 잔소리를 퍼부으며 직접 차려 먹으라고 했다.

"민주 아빠, 민주가 친구 때문에 충격받아서 그랬던 거야. 엄마들한테 알아보니까 어제 학교가 발칵 뒤집혔었대. 민주하고 친했다는데 애가 얼마나 놀랐겠어. 아까 메시지 보냈더니 야자하고 올 거래."

찬밥이 될 줄 알았던 누나는 여전히 따뜻한 밥으로 엄마의 관심을 독차지했다. 오히려 민기가 버린 밥 취급을 받았다. 삼겹살이 먹고 싶다고 했는데도 상에는 어제저녁에 먹었던 반찬뿐이다.

"애는 어떻대?"

아빠가 무거운 목소리로 물었다.

"누구? 자살하려고 했다는 애? 다행히 생명에는 지장이 없대. 그런데 죽으려면 딴 데서 죽을 것이지 왜 학교에서 소동을 벌여서 다른 애들한테까지 피해를 줘, 주긴. 그나저나 걔는 수능을 코앞에 두고 어쩔 거야."

엄마가 목소리를 높였다.

"엄마는 사람이 죽을 뻔했는데 수능 걱정이 먼저야?"

민기가 반찬 투정 대신 말했다.

"그럼, 안 죽었으니 그게 걱정이지. 잠깐 허튼짓하는 바람에 인생 망치게 생겼잖아. 너! 너는 그런 짓했다가는 집에서 쫓겨날 줄 알아."

갑자기 엄마가 민기에게 화살을 돌렸다.

"내가 뭘 어쨌다고 그래. 괜히 나한테 난리야."

투덜거리던 민기는 지난밤 버릇없이 굴었다고 맞았던 누나가 생각나 목을 움츠렸다. 아빠는 말없이 밥만 먹었다.

민기는 가슴 한구석이 다시 씁쓸해졌다. 민기도 누나처럼 엄마 아빠 앞에서 자기 의지를 밝힌 적이 있지만 겨우 두어 달 새 빈껍데기만 남기고 흐지부지 사라져 버렸다.

현중으로부터 주말에 오디션 보러 가자는 메시지가 왔다.

– 안 돼. 보나한테 고백할 거임

– 보나마나 차일 건데 오디션이나 보러 가지

– 꺼져

학원 차에서 처음 보나를 본 순간 광채가 나는 것 같았다.

그 빛은 연습생이 된 연호에 대한 복잡 미묘한 감정도, 누나의 폭탄선언으로 암울해진 집안 걱정도 모두 사라지게 했다. 민기는 보나와 특별한 사이가 되는 상상만 해도 황홀했다. 보나 같은 애가 여친이 되면 연호가 연습생이 아니라 가수가 된다 해도 부럽지 않을 것 같았다. 보나와 사귀게 되면 연예인 꿈 따윈 멀리 집어던지고 학생의 본분을 다하리라.

토요일, 민기는 화장실에서 손을 씻고 머리와 옷차림을 점검했다. 보나와 만나기로 한 학원 근처 카페였다. 민기는 거울 속 자신에게 흐뭇하게 웃어 줬다. 오디션에서는 떨어졌지만 일반인으로선 여전히 준수한 외모다. 이만한 얼굴에 넘어가지 않을 여자애는 없을 것이다. 특히 보나처럼 공부만 하는 애들은 자기가 예쁜 걸 잘 모르고 있거나 남자를 사귀어 본 경험이 없어 잘생긴 외모에 혹할 가능성이 컸다.

화장실에서 나온 민기는 그럼 그렇지, 하는 표정을 지었다. 통화 중인 보나 뒷모습이 보였다. 약속 시간이 20분이나 남았는데 벌써 와 있다. 민기에 대한 호감이 서둘러 달려오게 했을 것이다. 마주 앉는 순간 보나의 두 눈엔 하트가 담길 테고, 감정을 슬쩍만 내보여도 껌뻑 넘어가겠지. 민기는 자신만만한 미소를 머금은 채 보나에게 다가갔다.

"아, 몰라. 얼굴만 잘생기면 뭐 해. 머리가 텅 빈걸. 그뿐이면 말도 안 해. 허파에 바람은 잔뜩 들어서 연예인 되겠다고 설치고 다닌대. 꼴에 눈은 높아 가지고 얻다 들이대는 거야. 킥킥킥, 그래. 분수를 모르는 거지. 수학 문제 내고 그거 풀면 사귀어 준다고 해 볼까? 알았어. 오늘 안 나오면 자꾸 귀찮게 굴 거 같아서 딱 자르려고 나온 거야."

보나의 말 한 마디 한 마디가 불화살이 돼 꼼짝 못 하고 서 있는 민기에게로 날아왔다. 불에 온몸이 타들어 가는 것 같았다. 도망치듯 카페를 빠져나온 민기는 무작정 걷기 시작했다. 눈물이 나왔다. 화가 나서인지 창피해서인지 알 수 없었다.

한참을 걷다 보니 지하철역이었다. 단골 피시방이 눈에 들어왔다. 그곳으로 들어가려던 민기는 멈칫하고 섰다.

'똥 밟았다 생각하고 가서 게임이나 해.'

'오늘 같은 날도 게임이나 하고 있으면 넌 정말 구제 불능이다.'

두 개의 목소리가 동시에 들려왔다. 피시방에 들어가 게임을 시작하는 순간 보나로부터 받은 모욕과 수치심은 기억 너머로 사라져 버리겠지. 지금까지 그래 왔던 것처럼. 그때 현중의 메시지가 왔다.

— 오디션 끝났다. 고백은 했냐?

현중이랑 오디션이나 보러 갈걸. 후회가 가슴을 쳤다. 민기는 답장 대신 휴대폰을 꺼 버렸다. 이러다 현중이 오디션에 합격하는 날도 보게 될지 모른다.

민기는 피시방 앞을 지나쳤다. 마주 오던 여자애 둘이 민기를 힐끔거리며 지나갔다. 뒤에서 수군대며 웃는 소리가 들려왔다. 민기는 뒤를 돌아다보지 못했다. 예전 같으면 자기 얼굴에 호감을 가진 거라고 생각했을 여자애들의 눈길과 속닥거림이 오늘은 비웃는 걸로 여겨졌다. 그동안 비웃음을 호감으로 혼자만 착각하며 살아온 건 아닐까. 민기는 제자리에 섰다. 풍경과 사람들이 한꺼번에 사라진 곳에 혼자 서 있는 것 같았다. 그 기분은, 엄마 아빠는 누나만 좋아한다고 생각하면서 느끼던 소외감, 외로움 같은 것들과는 정체가 달랐다.

민기는 열여섯 해를 사는 동안 혼자였던 적이 별로 없었다. 문제가 생기면 늘 누군가에게 달려가 함께 풀어 달라고 치근댔다. 하지만 이제 더는 그렇게 할 수 없음을 깨달았다. 민기는 난생처음으로 온전히 혼자가 돼 거리를 배회했다.

밤이 돼서야 동네로 돌아온 민기는 집 대신 근처 놀이터로 갔다. 엄마 아빠가 날 무시하는 게 누나하고 비교해서가 아니라 실제로 내가 그만큼밖에 안 돼서 그런 건지 몰라. 늘 억울하다고만 생각했던 민기는 선뜻 집으로 갈 수가 없었다.

민기는 놀이터 그네에 앉아 하늘을 올려다보았다. 혼자 떠 있는 반달이 처량하게 홀로 앉아 있는 자신의 모습 같았다. 그때 누군가 비틀거리며 놀이터 안으로 들어왔다. 무심코 보았던 민기는 아빠임을 알고 깜짝 놀랐다. 무너지듯 의자에 앉은 아빠는 무어라 혼잣말을 하며 주머니를 뒤져 담뱃갑을 꺼냈다. 담배를 끊은 아빠가 담뱃갑을 꺼낸 것도 놀라웠지만 그보다 금연 구역인 놀이터에서 담배를 필까 봐 걱정됐다. 여차하면 쫓아가려고 마음먹는데 아빠는 다행히 담뱃갑을 도로 집어넣었다. 끊었던 담배를 다시 피우려는 건 아마 누나 때문일 것이다.

멍하니 앉아 있는 아빠를 바라보는 민기의 마음속에 두 가지 생각이 떠올랐다. 끊었던 담배를 다시 피울 만큼 아빠는 민기를 걱정한 적이 없었을 거라는 것, 그리고 언제나 자랑거리였던 누나도 끊었던 담배를 다시 피우게 할 만큼 부모 속을 썩일 수 있다는 것.

아빠가 흔들리는 몸으로 노래를 부르기 시작했다. 웅얼거렸지만 민기는 다 알아들을 수 있었다. 자 떠나자 동해 바다로 신화처럼 숨을 쉬는 고래 잡으러~~ 차츰 목청을 높여 가던 아빠는 후렴을 부를 땐 당장이라도 떠날 것처럼 주먹을 불끈 쥐고 흔들었다. 술에 취해 놀이터에서 노래 부르는 것도 민폐다. 공무원은 매사에 더 조심해야 한다며 몸을 사리던 아빠가 여느 술주정꾼 아저씨들과 비슷하게 행동했다. 누나를 때리는 아빠를 끌어안았을 때 생각보다 버티는 힘이 없어 놀랐던 게 떠올랐다. 민기는 그네에서 일어나 아빠에게로 다가갔다.

"집에 안 가고 여기서 뭐 해?"

아빠가 올려다보았다.

"아이고, 우리 장남이네."

민기를 끌어 앉힌 아빠는 민기의 어깨에 팔을 둘렀다. 술 냄새가 훅 끼쳐 왔다.

"아들, 아빠 걱정돼서 마중 나왔어?"

아빠가 꺼끌꺼끌한 턱수염을 민기의 볼에 비벼 댔다. 그 감촉이 어릴 적 기억을 불러왔다. 아주 싫지만은 않았다.

민기 어깨에 팔을 두른 아빠는 아는 노래가 그뿐인 듯 다시 부르기 시작했다. 간밤에 꾸었던 꿈의 세계는 아침에 일어나면 잊혀지지만 그래도 생각나는 내 꿈 하나는 조그만 예쁜 고래 한 마리~~.

민기는 아빠 노래를 들으며 하늘을 올려다보았다. 여전한 반달이 이번엔 등을 내놓고 헤엄치는 아기 고래 같았다. 민기는 그 아기 고래를 가슴속 주머니에 담았다. 아직은 길을 몰라 헤매고 있지만 언젠가는 나와 함께 자란 고래를 너른 바다에 풀어 주리라.

첫
녹음

걸 그룹에서 탈퇴한 라경은 주말 연속극 딸 부잣집 막내로 나와 인기를 끌었다. 라경은 드라마의 초반 부분을 찍으러 캐나다로 떠났다.

라경이 OST도 부를 거란 이야기에 연습생들은 가이드 녹음을 누가 하게 될지 신경을 곤두세웠다. 자신에게 차례가 오리라는 기대가 전혀 없었던 연호는 오히려 마음이 편했다. TV에서 보는 라경과 간혹 실제 마주치는 라경은 전혀 다른 사람 같았다. 연호는 방송에서는 천사 같은 라경이 카메라 밖에선 신경질과 짜증을 있는 대로 부리며 안하무인으로 행동하는 것에 충격받았다.

"재도 안됐어. 온 식구가 라경이만 보며 놀고 있대. 놀기만 하면 괜찮게. 아빠가 걸핏하면 사업해서 돈 날리고……. 그 빚 문제 땜에 그룹에서도 탈퇴한 거잖아. 싸가지 없을 땐 재수 없다가도 허덕거리는 거 보면 불쌍해. 아, 나 지금 뭐라니. 누가 누굴 걱정하는 거야."

라경을 보고 혀를 차던 재은은 자조 섞인 목소리로 말을 맺었다. 연호에게 라경은 닿을 수 없는 곳에서 빛나는 별이었다. 연호는 그 별에게도 아픔과 고통이 있다는 사실에 위안받았다.

엄마는 지하 방으로 이사한 지 세 달 만에 나타났다. 엄마를 절대로 집에 들이지 않겠다고 결심했던 연호는 결국 문을 열어 주었다. 엄마는 밀린 출연료를 받아 내느라 이제서야 왔다며 진심으로 미안해했다. 그러곤 부모에게 혼나는 아이처럼 슬금슬금 연호 눈치를 보며 돈이 든 봉투를 내밀었다. 엄마에게 한바탕 퍼부으면서도 연호는 자신이 절망의 한가운데 빠져 있을 때 오지 않아서 다행이라고 생각했다. 그때 왔더라면 엄마에게 평생 지울 수 없는 상처를 주었을지 모른다. 그 일은 또 고스란히 자신의 상처로 남았을 것이다.

연호가 기획사 연습생이 되었다는 말에 엄마는 딸이 벌써 가수가 된 양 흥분했다.

"어머, 어머! 내가 그럴 줄 알았어. 할머니 우리 연호, 어렸을 때 어쩌다 노래하게 된 건지 얘기했었지? 공연하는 데 데려가면 그렇게 내 마이크를 뺏어서 지가 노래를 부르는 거야. 사람들이 그거 보고 잘한다 잘한다 하면서 자꾸 시키고. 기집애, 그때부터 끼가 있었던 건데 그동안 내숭 떨고 있었던 거야. 참, 그때 음반 내자는 데도 있었잖아. 그때 음반 냈으면 지금, 누구야? 지금 뜨는 애들, 그 애들 다 죽었어!"

창피하게만 여겨 온 기억이었다. 무대에서 노래 부르던 엄마가 그렇게 멋져 보이던 게 생각났다. 사람들이 나중에 커서 뭐가 되고 싶느냐고 물으면 "엄마처럼 노래 부르는 사람이요." 하고 대답하던 것도 떠올랐다. 엄마처럼이라니. 연호는 고개를 저으며 엄마에게 쏘아붙였다.

"오버 좀 하지 마. 이러다 데뷔 못 하는 사람들이 얼마나 많은 줄 알아? 우리 회사 재은 언니는 나보다 몇십 배 더 잘 부르는데도 연습생만 7년째야."

재은을 생각하면 연호는 우울해졌다. 미래의 자기 모습일지 모른다는 생각 때문이었다.

재은은 스물다섯 살로 연습생 중에서 가장 나이가 많고 실력도 가장 좋았다. 연호는 재은의 노래를 들을 때마다 자기 실력이 보잘것없어 보였다. 그 느낌은 연호에게 큰 자극이 되었다. 노래만큼은 누구에게도 뒤지지 않는다고 자신했는데 연습생이 되면서 큰 자만이었음을 깨달았다. 그런 재은이 아직 데뷔를 하지 못하고 있는 것이다.

연호가 연습생이 된 지 얼마 안 됐을 때 아이들 사이에 재은에 관한 이야기가 떠돌았다. 재은이 받기로 한 곡이 다른 연습생인 하진에게 갔다고 했다. 실력은 재은이 월등했지만 얼굴은 하진이 훨씬 더 예뻤다. 그러면서 주 대표는 다를 줄 알았는데 똑같다느니 하면서 떠들어 댔다. 아이들이 뭐라고 하든 연호는 묵묵히, 그리고 꾸준히 회사에 나갔다. 어느새 연습실이 집보다 편했다.

며칠 뒤 연호가 연습실에 있는데 주 대표가 재은을 데리고 들어왔다. 한동안 연습실에 나오지 않아 궁금했던 터라 반가웠지만 심각해 보이는 분위기 때문에 잠자코 있었다. 자리를 비켜 줘야 하나 망설이고 있는데 주 대표가 재은에게 이야기하기 시작했다. 나가는 게 오히려 방해하는 것 같아 연호는 없는 듯이 한구석에 가만히 있었다.

"너 겨우 이거밖에 안 되는 애였어? 지금 세상 불공평하다고 생각하지? 근데 아니야. 세상은 공평한 거다."

연호는 그 말이 잘 이해되지 않았다. 연호가 살면서 깨달은 사실은 세상이 불공평하다는 것이었다. 연예계는 그게 더 심했다. 실력이 있는데도 얼굴이 예쁘지 않아 가수가 못 되는 사람도 있고, 얼굴만으로 단숨에 스타가 되는 사람도 있다. 그런데 공평하다니. 연호는 자기도 모르게 주 대표 말에 귀를 기울였다. 재은은 고개를 숙인 채 한쪽 발부리로 바닥을 툭툭 차고 있었다.

"너, 남의 가슴 썩는 것보다 자기 손톱 밑 가시가 더 아프다는 말 알지? 느끼는 고통도 객관적이면 세상이 얼마나 더 억울하겠니. 그런데 안 그래. 가슴이 썩어 문드러지는 사람이나 손톱에 가시 찔린 사람이나 느끼는 아픔은 똑같아. 누가 더 아프고 덜 아픈지는 그 사람들이랑 상관없는 남들이나 알 수 있는 거야. 너는 하진이 때문에 아파하지만, 하진이도 아파 죽겠다고 할 거야. 걔도 너만큼 아프다고 할 거라고."

하진과 재은에 관한 정확한 내막을 모르지만, 주 대표의 말 자체는 무슨 뜻인지 알 것 같았다. 전에 준희가 노래방에서 했던 말과도 비슷했다. 자기 아픔에만 빠져 있으면 자기가 가장 아프다고 생각하게 된다. 그 때문에 느끼는 억울함과 절망감은 더 큰 고통을 준다.

재은이 이젠 그만두고 싶다고 했다. 지쳤다고 했다. 아직 친하기 전이었는데도 연호는 맏언니 같은 재은이 없다는 생각만으로도 허전했다.

"열망엔 뿌리가 있어야 돼. 열망은 너무 매혹적이지만 순수하기도 해서 부패하기 쉽거든. 뿌리가 있는 열망은 열정으로 이어지지만 뿌리가 없는 열망은 부초처럼 떠다니다 썩어 버리고 말아. 네 열망은 어떤 건지 곰곰이 생각해 봐. 그러고 나서 결정해도 늦지 않아."

그 말을 남긴 뒤 주 대표는 연습실을 나갔다. 재은이 무너지듯 바닥에 주저앉아 울음을 터뜨렸다. 연호는 다가가 재은의 어깨를 감싸 안았다. 둘이 친해진 건 그때부터였다. 연호는 재은의 곁에서 자신의 열망에 대해 생각했다. 그 생각은 두고두고 이어지며 깊어졌다.

"연호야, 나 이제 음반 낼 꿈 접을 거야."

하루는 엄마가 비장한 태도로 말했다.

"평생소원이라더니, 왜?"

연호가 물었다.

"대신 내 복까지 다 너 주라고 부처님, 하느님, 예수님, 알라신, 또 뭐냐. 암튼 빽 있는 신들한테 다 기도할 거야. 나는 내가 음반 내는 것보다 니가 가수 되는 게 더 좋아. 이제 엄마가 정신 똑바로 차리고 니 뒷바라지할 테니까 너는 집 걱정하지 말고 노래랑 공부에만 신경 써."

연호는 솔직히 엄마 말이 다 믿기지 않았다. 이래 놓고 언제 또 힘들게 할지 몰랐다. 하지만 지금 그 말에 진심이 담긴 것만큼은 믿었다. 엄마가 자기 말에 얼마큼 책임을 질지 모르겠지만 당장 할머니를 혼자 두고 나가야 할 때보다 편하고 든든했다.

"암만, 그래야제. 기왕 시작혔응께 핼미랑 에미마냥 흐지부지하지 말고 번듯허게 해야제. 사램은 허고 자픈 일을 할 때가 질루 행복한 것잉께."

할머니 얼굴이 허공을 향했다. 사람들 앞에서 공연을 하던 때를 떠올리는 걸까. 할머니 얼굴에 희미한 웃음이 감돌았다.

'할머니, 엄마, 열심히 해서 꼭 가수로 성공할게. 그래서 효도할게.'

낯간지럽고 쑥스럽지만 연호는 그렇게 말하려고 했다. 그런데 엄마가 먼저 결의에 찬 목소리로 말했다.

"할머니, 우선 연호 쌍꺼풀 수술부터 해 줘야겠어. 가만, 코도 높여 줘야 하나. 연호가 내 얼굴 닮았으면 기똥찼을 텐데 그 인간을 닮아서 망했어. 연호야, 걱정하지 마. 엄마가 노래 더 열심히 해서 돈 벌면 최고로 좋은 병원에 가서 싹 다 고쳐 줄게."

"내가 엄마 땜에 못 살아. 이제 음반 낼 생각 접는다며!"

"음반을 안 낸다는 거고, 노래는 계속해야지. 엄만 노래 안 하곤 못 살아."

연호는 짜증이 났지만 엄마 마음은 이해가 갔다. 자기 노래 하나 없고, 번듯한 무대에 오르지 못한다고 해서 노래에 대한 열정까지 무시해서는 안 된다는 것도 알았다. 성형 수술에 관한 엄마 생각도 마찬가지였다.

연습생이 되고 보니 노래 실력 못지않게 외모 문제가 큰 비중으로 다가왔다. 연호는 아직까지는 얼굴을 고치고 싶다는 생각이 들지 않았다. 인터넷에 떠돌 성형 전 사진과 악플은 상상만으로도 끔찍했다. 차라리 못생겼다는 흉이 나을 것 같았다. 이미 쌍꺼풀과 코 수술을 한 재은의 영향도 컸다.

"수술을 하니까 오히려 단점만 더 보이고, 뭐가 안 되면 그 때문인 것 같고, 자존감이 더 떨어지는 것 같아."

그러면서도 재은은 또 다른 부위의 수술을 고민하고 있다. 연호는 재은이 사진으로 보여 준 성형 수술 전 모습이 훨씬 순수하고 개성 있어 보였다. 성형 수술에 관한 연호의 생각에 재은은 수긍했다.

"그런데 이 바닥에 있다 보면 그 마음을 지키기가 어려워. 너는 꼭 실력으로 성공했으면 좋겠다."

재은의 말엔 진심이 담겨 있었다.

어느 날, 김 실장이 연호와 재은을 불렀다.

"너희들이 라경이 OST 가이드 녹음하기로 했으니까 오늘부터 최 선생하고 연습해. 연호 너는 봄방학이니까 아침 일찍 나올 수 있지?"

꿈도 꾸지 않았던 연호는 뜻밖의 행운에 심장이 벌렁거렸다. 연호는 간신히 고개만 끄덕였다. 요즘은 엄마가 집에 와 있어서 할머니 걱정은 하지 않아도 됐다.

잠잘 새도 없이 강행군을 하고 있는 라경은 따로 OST 준비를 할 시간이 없다. 촬영하는 틈틈이 연호와 재은이 가이드 녹음한 노래를 들으며 연습해서 부를 거라고 했다. 라경의 극중 이름인 수인의 테마곡 「그 날처럼 네가 내게」는 연호가, 엔딩 타이틀곡인 「해바라기」는 재은이 부르기로 했다.

다른 기획사에서 녹음까지 마쳤는데도 데뷔가 무산된 경험이 있는 재은은 덤덤하게 굴었지만 연호는 긴장되고 설레어 잠을 설칠 정도였다. 비록 가이드 녹음이지만 새 노래를 부른다는 사실에 흥분이 되었다. 그리고 좋아하는 재은과 함께 녹음을 하게 돼서 더 기뻤다.

드디어 녹음하는 날, 연호는 재은과 김 실장, 보컬 선생과 함께 기획사에서 그리 멀지 않은 녹음 스튜디오로 갔다.

"가이드 녹음을 거기서 해요?"

그 녹음실은 재은이 놀라 물을 만큼 최상의 시설을 갖춘 곳이라고 했다.

"그만큼 이번 프로젝트가 중요하니까 너희도 열심히 해. 연호도 좋은 경험이 될 거야."

김 실장이 말했다.

녹음 경험이 있는 재은이 먼저 시작했다. 가이드 녹음이라고 해서 대충하는 게 아니었다. 연호가 듣기에는 완벽한 것 같은데도 보컬 선생과 엔지니어가 트집 잡듯 흠을 찾아내 다시 부르게 했다. 그런 과정을 지켜보는 것만으로도 연호에겐 공부가 되었다.

"가이드 녹음이라고 해도 진짜 네 노래다 생각하면서 불러. 알았지? 그래야 노래에 진심이 담기고 또 다른 기회도 오는 거야."

아침에 목에 좋다는 모과차를 끓여 주며 엄마가 한 말이었다. 연호는 엄마가 모처럼 가수다워 보였다.

재은이 노래를 부르는 동안 주 대표가 찾아왔다. 연호는 주 대표 앞에서 노래 부를 생각을 하니 더 긴장이 됐다. 주 대표는 연호의 인사에 말없이 고개를 끄덕이곤 재은의 노래를 듣기 시작했다. 연호는 진지한 표정으로 재은을 지켜보는 주 대표를 몰래 훔쳐보았다. 주 대표는 연호가 살면서 보아 온 사람들 중 두 번째로 멋졌다. 첫 번째는 담임 선생님이다.

연호는 그동안 향상된 실력을 보여 주겠다고 별렀지만 주 대표는 재은의 녹음이 끝나자 약속이 있다면서 가 버렸다. 아쉽기는 했지만 연호는 마음을 다해 노래를 불렀다. 재은에 비하면 연호의 녹음은 싱겁게 끝났다. 연호는 자신이 잘해서 그런 게 아님을 알았다. 라경이 재은에게는 배울 게 있지만 연호에게는 아닌 것이다.

"가사 전달력도 좋고 감정 처리도 괜찮네. 거기 연습생이야?"

녹음 엔지니어가 김 실장에게 물은 게 그나마 위안이 됐다.

집으로 가는 연호의 발걸음은 저절로 움직이는 것처럼 가벼웠다. 차가운 바람도 느껴지지 않았다. 라경이 녹음을 하면 자신이 부른 노래는 흔적도 없이 사라지고 말겠지만 연호는 가수가 된 것처럼 들떴다. 자신이 그랬듯이 노래로 사람들을 위로하고 행복하게 해 주고 싶었다.

연호는 인천으로 가는 광역버스를 타기 위해 강남역에서 내렸다. 지하철역을 빠져나가면서도 계속 자신이 부른 가이드 녹음 곡을 들었다. 들을수록 아쉬운 부분이 더 많아졌지만 그래도 흥분은 가시지 않았다. 연호는 주 대표 차에서 내린 준희가 따라오는 것을 보지 못한 채 줄을 섰다.

"조연호, 뭐 좋은 일 있냐?"

누가 툭 치는 바람에 깜짝 놀란 연호는 옆을 보았다. 준희였다. 졸업한 뒤 처음 보는 거였다.

"어, 이준희. 여긴 어쩐 일이야?"

연호가 이어폰을 빼며 물었다. 무선 이어폰은 담임 선생님이 졸업 선물로 준 거였다.

"볼일이 있어서 왔지. 너는 연습실 왔다 가는 거야?"

"응, 나 오늘 가이드 녹음했다!"

자기도 모르게 자랑을 한 연호 가슴은 새롭게 벅차올랐다.

"와, 축하! 나도 들어 볼 수 있어?"

"가이드라 여기저기 돌리면 안 되지만 버스 타면 특별히 들려줄게."

"아이고, 영광이다."

준희가 장난스레 웃었다. 버스를 탄 둘은 뒷자리에 나란히 앉았다. 평소 힙합만 듣는다는 준희는 진지한 얼굴로 노래를 듣고 나서 좋다고 했다. 의례적인 말일지 몰라도 기분 좋았다. 연호는 민기에게도 들려주고 싶었다. 민기가 몰래 노래를 녹음해서 드림박스에 보내지 않았으면 오늘 같은 일도 없었을 것이다.

"이준희, 우리 오늘 민기랑 현중이랑 뭉칠래? 고등학교 가면 만날 시간도 없을 텐데."

전문계 고등학교를 가는 현중은 물론 세 명 모두 다른 학교로 배정받았다.

주 대표는 연호에게 일반계 고등학교로 진학하라고 했다. 혹시라도 데뷔를 하게 되면 학교와 숙소를 아예 회사 근처로 옮길 수도 있다고 재은이 이야기해 줬다. 처음엔 그런 날이 정말 올까 싶었지만 이젠 스스로 그렇게 되도록 만들고 싶었다.

민기와 현중은 벌써 약속 장소인 지하철역에 와 있었다. 연호의 녹음 소식에 자기들 일인 것처럼 흥분했다.

"나 드림박스로 또 오디션 보러 갈 건데 얘기 좀 잘해 주라."

분식집에서 현중이 연호에게 말했다.

"너 아직도 그 꿈 못 접었냐?"

준희가 물었다.

"접으면 그게 꿈이냐? 종이지."

현중이 김이 설설 오르는 어묵 국물을 떠먹으며 대답했다.

"너는 요새 공부 열심히 한다며. 이제 연예인 되는 건 포기한 거야?"

연호가 민기에게 물었다. 얼굴에 잠시 복잡한 마음을 드러냈던 민기가 대답했다.

"우리 누나가 사고 쳐서 나까지 삐딱선 타면 우리 엄마 쓰러진다. 우선은 공부하면서 어째야 할지 생각해 보려고. 정말 연예인이 되고 싶은 거면 그땐 진짜 열심히 해야지."

연호는 처음 보는 민기의 진지한 모습을 새삼스러운 눈길로 바라보았다.

"아참, 너희들 컴퓨터 살 일 있으면 나한테 말해. 내가 최대한 싸게 조립해 줄 테니까."

현중의 말에 모두 놀란 얼굴이 되었다.

"그 정도 실력이면 연예인 한다고 헛수고하지 말고 그 길로 나가면 되겠네."

준희가 말했다.

"무슨 소리야! 그렇게 쉽게 접을 수 있는 거면 꿈이 아니라니까. 왜 돈을 벌려고 하는지 알아? 연기 학원 다니려고 그런다. 너희들 내가 신스틸러 조연 배우 될 때까지 공고 다닌다고 무시하고 따 시키면 나중에 나도 쌩깐다."

넷은 사이다로 서로의 열일곱 살을 축하했다.

연호는 고등학생이 돼서도 어김없이 받은 기초 환경 조사서를 펼쳤다. 중학교 때와 다른 점이 있다면 재산에 대해 적는 칸이 없는 것이다. 고민거리가 하나 줄었으니 다행이다. 연호는 가족란에 할머니를 쓴 다음 엄마, 조경희라고 적었다. 전처럼 나이 칸에서 망설이던 연호는 심호흡을 한 뒤 엄마의 실제 나이인 36을 썼다.

"고등학생 때 아이를 낳은 건 엄마지 네가 아니야. 엄마 인생 때문에 네가 주눅 들고 움츠러들 건 없어. 가수가 되든 못 되든 너는 너로 네 존재와 가치를 증명하면 돼."

첫 면담에서 연호의 가정사를 알게 된 주 대표가 해 준 말이었다. 그동안 연호의 처지를 동정하거나 흉보는 사람들은 많았지만 주 대표처럼 말해 주는 어른은 처음이었다. 그 뒤 연호는 그 말이 자신의 생각이 되도록 되뇌고 또 되뇌었다. 그러면서도 과연 그렇게 할 수 있을지, 자신이 없었다. 그런데 기초 환경 조사서를 앞에 놓고 스스로에게 소리 내어 말하자 신기하게도 정말 그럴 용기가 생기는 것 같았다. 장애물 경기 중 허들 하나를 넘은 느낌이었다. 그러자 엄마의 학력란에 '고 중퇴'라고 쓰는 게 크게 어렵지 않았다.

그때 휴대폰이 울렸다. 전화를 받으니 재은의 울음소리가 들려왔다. 연호는 가슴이 철렁 내려앉아 아무 말도 하지 못했다.

"연호야! 해바라기, 내가 부른 걸로 들어간대. 내부 평가가 내 게 더 좋다고 해서 바꾸기로 했대. 방금 김 실장님한테 전화 왔어!"

"정말요? 대박! 정말 잘됐다!"

나쁜 일일까 봐 걱정했던 연호는 할머니가, 자신이 가수가 됐다는 줄 알았을 만큼 크게 환호성을 질렀다. 정말 자기 일처럼 기뻤다. 연호는 자신이 이렇게 남의 일을 온전히 좋아할 수 있게 될지 몰랐다.

"그런데 막 겁나는 거 있지, 심장 떨려서 드라마도 못 볼 것 같아. 만약에 내 노래가 안 나오면 어떻게 해. 이럴 줄 알았으면 더 잘 부를걸."

"어떻게 더 잘 불러요. 정말 잘됐다! 진짜 진짜 축하해요!"

"고마워, 연호야. 너도 좋은 일 있을 거야. 너는 고등학교 생활 어때? 재밌어?"

재은이 연호의 안부를 물었다.

"이제 이틀밖에 안 됐는데, 뭘. 그래도 중학교 때보다는 재밌는 거 같아요. 오늘부터 야자해서 좀 전에 집에 왔어."

"이젠 야자 없어지지 않았어?"

"자율이긴 한데 연습실 안 가는 날은 야자하려고요. 주 대표님이 학교생활 충실하게 하래요. 그때그때 경험할 것들을 놓치지 말고 살아야 나중에 후회하지 않는다고요."

좋은 노래도 일상의 경험에서 나오는 거라고 했다.

재은과 주말에 회사에서 만나기로 하고 연호는 전화를 끊었다. 아직 반 친구들은 연호가 드림박스 연습생이라는 걸 알지 못했다. 자연스레 알려질 때까지 연호는 여느 평범한 고등학생처럼 지낼 생각이다. 애써 투명 인간으로 지냈던 특별한 학교생활은 이미 많이 해 봤으니까.

연호는 계속해서 기초 환경 조사서를 써 나갔다. 엄마의 직업란을 비워 둔 채 자신이 원하는 희망란에 '가수'라고 써넣었다. 그다음 부모가 원하는 희망란에도 '가수'라고 적었다. 마지막으로 연호는 건너뛰었던 엄마의 직업란에 '가수'라고 또박또박 힘주어 썼다.

꿈은,

그 꿈을 꾸는 사람만이
이룰 수 있다

이 이야기의 시작은 이렇다. TV 음악 프로그램에서 한 가수를 보았다. 그는 뛰어난 가창력과 호소력 짙은 목소리로 많은 이들의 귀와 마음을 울리면서도 대중 앞에 나타나지 않던 얼굴 없는 가수였다. 그의 노래를 좋아하던 나는 관심을 갖고 지켜보았다. 그는 그 당시 연예계를 주름잡는 꽃미남 연예인들에게는 한참 못 미치는 용모를 지니고 있었다. 얼굴이 따라 주지 않아 신비주의 마케팅을 한다느니 하는 이야기가 헛소문만은 아닌 모양이었다.

그는 얼굴 없는 가수로 활동하면서 느꼈던 어려움과 외로

움을 솔직하게 털어놓았다. 자신의 노래가 울려 퍼지고 있는 거리를 걸어 다녀도 아무도 알아보는 사람이 없을 때 미치도록 속상하고 힘들었다는 말을 듣는 순간 '이야기'가 내 마음속으로 걸어 들어왔다. 가수는 노래를 부르는 사람인데 그렇게 실력 있는 사람을, 노래만큼 얼굴이 따라 주지 않는다는 이유로 대중 앞에 서지 못하게 만드는 게 우리 사회이다. 처음엔 연예인이 되고 싶어 하는 아이들을 등장인물로 해서 우리 사회에 만연해 있는 외모 지상주의를 말하려고 했다.

그 이야기를 마음속에 넣고 궁굴리는 동안 중학교 3학년이 된 큰아이가 고등학교 입시를 치르게 되었다. 대학교 입시처럼 거국적인 건 아니지만 아이들의 꿈에 대한 첫 번째 도전이기도 한 고등학교 입시는 나름대로 절박하고 치열했다. 특히 우리 아들의 같은 반 친구 이야기가 마음을 사로잡았다. 백댄서가 꿈인 아이였는데 그 애 엄마는 아이가 선택하고자 하는 평범하지 않은 길에 대한 거부감과 불안감을 토로했다. 남들이 이미 닦아 놓은 편안한 길을 가지 않고, 어렵고 힘든 길을 가려는 자식을 걱정하는 그 엄마의 마음이 이해가 갔다.

그러면서도 나는 남들 다 하는 공부를 하는 우리 아들보다 가고 싶은 길이 뚜렷하고, 그 길에 대한 열정이 넘치는 남의 아들이 솔직히 더 부러웠다. 내 아들이 그렇다면 나는 보습학원 대신 댄스학원에 보내고, 실컷 춤을 출 수 있는 고등학교로 진학시키려고 노력했을 것이다. 비록 그 길이 고되고 불확실해도 행복할 길이기 때문이다.

그래서 나는 뚜렷한 꿈이 없는 우리 아이한테 '너는 그런 열정도 없냐?'며 퉁바리를 주곤 했다. 아이의 친구는 부모의 반대로 결국 예고 대신 인문계 고등학교로 진학하게 되었다. 그 아이는 인문계보다 춤출 시간이 더 많은 실업계 고등학교라도 가고 싶어 했는데 그마저도 허용되지 않았다고 한다.

그 애가 자기가 원하던 길을 갔으면 아마도 나는 그 아이를 잊어버렸을 것이다. 그리고 나의 이야기도 달라지지 않았을 것이다. 하지만 그 아이가 자꾸만 자신들의 '꿈'에 대해서 이야기해 달라고 졸랐다. 나는 꿈을 지닌, 꿈을 찾는, 꿈을 향해 한 걸음씩 나아가는 아이들의 이야기를 하기 시작했다. 이야기를 끝낸 지금도 작품 속 아이들의 꿈은 현재 진행형이다.

꿈은, 그 꿈을 꾸는 사람만이 이룰 수 있는 것이다. 설령 실패와 좌절을 겪는다고 해도 툭툭 털고 일어서, 넘어진 바로 그 자리에서부터 다시 걸음을 떼어 놓는 모든 청소년들에게 이 작품을 바친다.

2006년 마지막 달에

아직도 꿈을 향한 길 위에 서 있는

이금이

무엇이

우리를
버티게 할까

코로나19로 전 세계가 우울하다. 재난이나 미래를 다룬 영화에서나 벌어지는 줄 알았던 일들이 일상이 된 상황 속에서 개정판 작업을 했다. 15년이란 세월이 흐른 만큼 그사이 달라진 것들을 새롭게 반영하고 보완하기 위해서는 소설을 다시, 찬찬히 읽는 일부터 시작해야 했다. 잘생긴 얼굴 하나 믿고 연예인을 꿈꾸다 좌절하는 민기, 꿈을 찾았다고는 하나 결코 녹록치 않은 길 위에 서 있는 현중, 가족의 사랑을 듬뿍 받으면서도 내면의 상처를 떨쳐 버리지 못하는 준희, 꿈조차 꿀 수 없을 만큼 절망적인 상황에 놓인 연호…….

아이들 모두 삶이 주는 무게와 고통을 견디며 살아가고 있었다. 처음엔 '지금, 여기'의 아이들이 잃어버린 일상을 살아가고 있다는 것만으로도 서로 다른 존재들로 여겨졌다. 하지만 시간이 갈수록 소설 속 아이들과 요즘 아이들이 겹쳐지기 시작했다. 그리고 질문들이 떠올랐다. 그사이 흐른 시간만큼 아이들의 삶도 나아졌다고 자신할 수 있을까? 과연 요즘 아이들이 잃어버린 일상이 오직 바이러스 때문만일까? 그렇다고 대답하기 어려웠다.

네 아이 중 가장 가슴 아픈 아이는 그때나 지금이나 연호다. 소설 속 연호는 다행히 좋은 어른들과 친구들 덕분에 절망의 구렁텅이를 벗어난다. 그런데도 마음이 편해지지 않는 건 앞으로 연호가 가야 할 길이 여전히 험난함을 알기 때문이다. 또 세상의 관심과 손길이 미치지 않는 곳에서 비명조차 지르지 못하는 수많은 연호들이 있음을 알기 때문이다.

딸아이가 고등학생일 적 그 애 담임 선생님으로부터 받은 문자가 떠오른다. 선생님께 『주머니 속의 고래』를 보내 드렸

—

더니 다 읽고 문자를 주셨다. 소감을 적은 마지막 문장에서 나는 그만 울컥했다.

'저도 연호 담임처럼 좋은 선생님이 되겠습니다.'

이 소설을 처음 쓸 때는 아이들이 찾아 헤매는 게 꿈이라고 확신했는데 다시 보니 희망이었다는 생각이 든다. 어떤 절망적인 상황 속에서도 세상은 살 만한 가치가 있음을 보여 주는 것, 그리고 아이들이 마땅히 누려야 할 일상을 찾아 주는 것, 그게 어른이 아이들에게 해 줘야 할 일이 아닌가 싶다. 나도 연호 담임 선생님이나 민기 엄마, 준희의 양부모처럼 괜찮은 어른이 되고 싶다. 아이들이 부여잡은 희망이 책 속에서만 이루어지는 세상이 되지 않기를 돕는 사람이 되고 싶다.

마지막으로 기쁜 이야기. 이 소설에 첫 영감을 주었던 '얼굴 없는 가수'가 지금은 '비주얼 가수'로 사람들의 사랑을 받으며 노래를 부르고 있다. 더 기쁜 일은 처음 이 소설을 쓸 때보다 민기와 현중, 준희와 연호를 훨씬 더 이해하고, 아파하고, 사랑하고, 믿게 된 것이다.

읽는 분들께도 그 마음이 가 닿기를!

2021년 2월

보다 나은 사람이 되길 꿈꾸며

이금이

유진과 유진 장편소설

아동 성폭력이라는 사회적 이슈와 청소년이 겪는 일상화된 폭력과 상처를 마주한 이금이 작가의 문제작! 두 유진의 고통스러운 진실이 미스터리한 서사와 밀도 높은 심리 묘사 속에서 점차 드러난다.

책으로따뜻한세상만드는교사들 추천도서 | 어린이도서연구회 청소년 권장도서 | 국립어린이청소년도서관 청소년 추천도서 | 학교도서관사서협의회 추천도서 | 한국출판인회의 선정 이달의 책 | 책 읽는 서울 한 도서관 한 책 읽기 선정 도서 | 부산시교육청 초중고 권장도서 | 교보문고 선정 마음에 힘을 주는 책 | 알라딘 독자 선정 청소년문학 최고의 책 | 한우리독서문화운동본부 권장도서 | 『창비어린이』 선정 올해의 책 | 학교도서관저널 『성과 사랑 365』 선정 도서 | 학교도서관저널 추천 성장소설 50선 | 평화박물관건립추진위원회 선정 어린이·청소년 평화책

주머니 속의 고래 장편소설

잘생긴 얼굴만 믿고 연예인을 꿈꾸다 좌절하는 민기, 꿈을 찾았지만 길을 못 찾는 현중, 내면의 상처 때문에 괴로운 준희, 가난 때문에 꿈조차 사치인 연호, 16세 아이들이 펼쳐 놓는 마음 깊숙한 이야기!

중학교 국어 교과서 수록 | 경기도학교도서관사서협의회 권장도서 | 대한출판문화협회 선정 올해의 청소년도서 | 전국독서새물결 선정 교과별 추천도서 | 서울북페스티벌 북크로싱 선정 도서 | 『창비어린이』 선정 올해의 책 | 아침독서 청소년 추천도서

벼랑 소설집

청소년들의 삶을 다섯 편의 단편소설에 담았다. 자신의 삶에 주체적이지 못하고, 마치 벼랑 끝에 선 것처럼 위태로운 청소년들의 이야기다. 그들의 삶을 벼랑 끝으로 모는 존재는 과연 누구인가!

한국문화예술위원회 선정 우수문학도서 | 국립어린이청소년도서관 사서 추천도서 | 대한출판문화협회 선정 올해의 청소년도서 | 『창비어린이』 선정 올해의 책 | 아침독서 청소년 추천도서 | 네이버 북리펀드 선정 도서

청소년들의 '지금과 여기'를 살피고, 꿈과 미래를 힘껏 응원하는
이금이 작가의 청소년 문학 시리즈입니다.

안녕, 내 첫사랑 장편소설

소년의 서툰 '사랑'을 작가 특유의 세심함을 담아 그려 낸다. 첫사랑은 이루어지지 않는다는데, 동재의 첫사랑은 어떻게 될까? 끝까지 손을 놓지 못하게 만드는 사춘기의 첫사랑 이야기!

국립어린이청소년도서관 사서 추천도서 | 국립어린이청소년도서관 어린이자료분과 추천도서 | 경기도학교도서관사서협의회 추천도서 | 한국아동문학인협회 선정 우수도서 | 인터넷교보문고 어린이책 AWARD 선정 도서 | 소년조선일보 추천도서 | 아침독서 추천도서

마리오네트의 춤 장편소설

"아이들이 모두 거짓이라고 '믿고 싶어 하는' 이야기가, 사실은 진실이라면?" 몸에 맞는 교복이 없을 정도로 뚱뚱한 봄이에게 멋진 대학생 남친이 있다니…. 반전에 반전을 거듭하는 놀라운 소설.

국립어린이청소년도서관 추천도서 | 『학교도서관저널』 추천도서 | 네이버 북리펀드 선정 도서

거인의 땅에서, 우리 장편소설

엄마와 엄마의 여고 친구들 틈에 끼어 몽골로 여행 간 다인이. 어른들 사이에서 공주 대접받을 줄 알았는데, 영 실망스럽다. 믿었던 엄마도 낯설게 느껴진다.

서울시립어린이도서관 추천도서 | 아침독서 청소년 추천도서 | 네이버 북리펀드 선정 도서

얼음이 빛나는 순간 장편소설

모범생과 보헤미안 같은 두 소년의 삶이 어느 날 날줄과 씨줄처럼 뒤엉켜 버린다. 우연에서 시작하지만, 결국 스스로 선택하는 인생을 살려 애쓰는 청소년들의 가슴 시린 성장소설.

『학교도서관저널』 추천도서

너도 하늘말나리야 장편소설

세 친구 미르, 소희, 바우는 각자 아픔 때문에 마음을 열지 못한다. 그러나 자신의 상처를 통해 친구의 상처를 들여다보게 되고, 서서히 서로를 이해한다. 스스로 치유하며 성장해 나가는 아이들의 이야기!

초등학교·중학교 국어 교과서 수록 | 책으로따뜻한세상만드는교사들 추천도서 | 어린이도서연구회 권장도서 | 책읽는교육사회실천협의회 추천도서 | 한국출판인회의 선정 이달의 책 | 서울시교육청 교과별 권장도서 | 경기도교육청 독서감상문 경시 대회 선정 도서 | 부산시교육청 독서인증제 권장도서 | 중앙일보 선정 좋은 책 100선

소희의 방 장편소설

〈너도 하늘말나리야〉 시리즈 3부작 중 2부. 열다섯 살이 된 소희가 친엄마와 함께 살게 되면서부터 벌어지는 이야기다. 엄마의 재혼으로 '윤소희'에서 '정소희'로 살게 된 소희는 모든 것이 힘들기만 하다.

한국도서관협회 선정 우수문학도서 | 한겨레·예스24 선정 청소년책 30선 | 아침독서 추천도서 | 네이버 북리펀드 선정 도서

숨은 길 찾기 장편소설

〈너도 하늘말나리야〉 시리즈 3부작의 완결편. 소희가 떠난 뒤 달밭마을에 남은 미르와 바우는 어떻게 살고 있을까? 이후의 삶이 궁금했던 독자들의 요청에 의해 써 내려간 아이들의 사랑과 꿈 이야기.

국립어린이청소년도서관 청소년 추천도서 | 한국출판문화산업진흥원 선정 세종도서 | 아침독서 추천도서